I0831399

Hermann Steuding

Griechische und römische Götter- und Heldensage

Salzwasser

Hermann Steuding

Griechische und römische Götter- und Heldensage

1. Auflage | ISBN: 978-3-84606-524-2

Erscheinungsort: Paderborn, Deutschland

Erscheinungsjahr: 2015

Salzwasser Verlag GmbH, Paderborn.

Nachdruck des Originals von 1901.

Hermann Steuding

Griechische und römische Götter- und Heldensage

Salzwasser

Griechische und römische

Götter- und Heldensage

von

Dr. Hermann Steuding
Professor am kgl. Gymnasium in Wurzen

Zweite umgearbeitete Auflage

Zweiter Abdruck

Inhalt.

Seite

Griechische Mythologie.

Anfänge des griechischen Glaubens und Gottesdienstes: 7

I. Seelenwesen § 1–3 7
II. Unterirdische Götter und Heroen § 4 ff. 10
III. Naturdämonen § 6 11
IV. Gottesverehrung § 7–12 12

Die griechische Religion seit dem Beginn des Homerischen Zeitalters § 13 f. 15

a) Seelenwesen und Todesgottheiten: 16
I. Unterwelt § 15–18 16
II. Erinyen § 19 f. 19
III. Harpyien § 21 20
IV. Asklepios § 22 f. 20
V. Hades § 24 21

b) Olympische Gottheiten § 25: 22
I. Zeus und sein Kreis § 26–43 23
II. Demeter u. Kore-Persephone, Eleusinische Mysterien § 44–52 32
III. Athena, Hephaistos, Prometheus, Hestia § 53–66 . . 37
IV. Apollon, Artemis, Hekate § 67–81 43
V. Hermes, die Satyrn und Pan § 82–90 51
VI. Poseidon und sein Kreis § 91–99 55
VII. Vertreter der Himmelskörper und andere Naturgottheiten § 100–104 61
VIII. Ares und Aphrodite § 105–112 64
IX. Dionysosreligion § 113–118 69
X. Die Gottheiten des Schicksals § 119–122 73

Heroische Dichtung:

I. Theben: Kadmos § 123, Antiope § 124, Niobe § 125 . 76
II. Argolis: Jo § 126, Danaos § 127, Perseus § 128; Tantalos § 129 ff. 78
III. Korinth: Sisyphos § 132, Bellerophontes § 133 . . 84
IV. Lakonien: Dioskuren § 134, Helena § 135 85
V. Herakles § 136 ff. 86

Seite
VI. Theseus § 150 ff. 95
VII. Meleager und die kalydonische Jagd § 159 f. 101
VIII. Die Argonauten § 161 ff. 102
IX. Der thebanische Kreis § 167 ff. 106
X. Der troische Kreis § 175 ff. 110

Römische Mythologie § 187 119

I. Nicht zu einem einheitlichen Begriff entwickelte Wesen: 1) Manes. 2) Genii § 188. 3) Lares. 4) Penates § 189. 5) Indigetes § 190 . . . .

II. Naturdämonen und den Thätigkeitsgeistern nahestehende Gottheiten: 1) Quellgöttinnen § 191 Flußgötter § 192, Neptunus § 193. 2) Janus § 194 f., Vesta § 196, Volcanus § 197, Saturnus, Consus und Ops § 198. 3) Fruchtbarkeitsgottheiten: Faunus § 199, Silvanus, Liber, Vertumnus § 200, Fauna, Feronia § 201, Flora, Pales § 202, Diana § 203. 4) Mars § 204 f., Quirinus § 206 123

III. Juppiter § 207 ff., Juno § 211 f. 134
IV. Todesgottheiten: Orcus, Mania, Lara § 213 . 138
V. Personifikationen § 214 138
VI. Ursprünglich fremde Gottheiten § 215 ff. 139

Anfänge
des griechischen Glaubens und Gottesdienstes.

Alle natürliche Religion geht hervor aus dem Staunen § 1 über unerklärliche Erscheinungen, aus der Furcht vor Uebeln und dem Streben nach Gütern, die man nicht durch eigene Kraft erwerben kann. Dazu kommt die Illusion, d. h. die Annahme des Vorhandenseins von Wesen, die den unbekannten Grund unseres Staunens bilden, die uns von Furcht befreien und unsere Wünsche befriedigen können. Am eifrigsten forscht der auf niederer Kulturstufe stehende Mensch, von Selbstliebe getrieben, den Vorgängen nach, die ihm an seinem eigenen Ich und an seinesgleichen entgegentreten. Krankheit und Tod nehmen, da sie den alltäglichen Verlauf des Lebens unterbrechen und den hauptsächlichsten Gegenstand der Furcht bilden, vor allem seine Aufmerksamkeit in Anspruch. Zugleich lassen ihn die Erscheinungen des Traumlebens, welche zuweilen durch den damit in Verbindung tretenden Alpdruck zu besonderer Lebhaftigkeit gesteigert werden, und gegebenen Falls auch die des Rausches oder der Verzückung das Vorhandensein von Mächten ahnen, die sinnlich nicht wahrnehmbar sind und doch bald in angenehmer, bald in unangenehmer Weise auf ihn einzuwirken vermögen. Diese unbekannten Wesen betrachtet er daher als die Urheber jener ihm sonst unerklärlichen Erscheinungen. So bildet sich, unterstützt durch den jedem Menschen angeborenen Wunsch des persönlichen Fortlebens nach dem Tode, der **Seelen**- und daneben zugleich der verwandte Alp- oder Mahrenglaube aus, wie er uns noch heute als einzige über das sinnliche Empfinden hinausgehende Gedankenreihe bei Völkern entgegentritt, die auf der niedersten Stufe der Entwicklung stehen geblieben sind.

§ 2 Daß die Griechen einmal einen ähnlichen Standpunkt eingenommen haben, ist wahrscheinlich, doch sind sie schwerlich jemals ausschließlich von diesen Anschauungen beherrscht worden. Die ältesten Quellen unserer Erkenntnis des religiösen Lebens derselben bilden neben den in dieser Hinsicht spärlichen Ergebnissen der Ausgrabungen die später geübten Kultbräuche, welche meist auf sehr frühe Zeiten zurückgehen, und die Dichtungen Homers, insofern sich in diesen gar manches erhalten hat, was der Zeit ihrer Entstehung weit vorausliegt. Der wichtigste Abschnitt in der religiösen Entwicklung dieser vorgeschichtlichen Zeit scheint durch die Stammwanderungen und die im Anschluß an diese ausgebildete epische Dichtung bedingt worden zu sein. Daher soll zunächst in großen Zügen dargestellt werden, was sich über die religiösen Anschauungen der diesen Ereignissen vorausliegenden Zeiten ermitteln läßt.

Ebenso wie bei den meisten Indogermanen war das Begräbnis die frühste Form der Bestattung.[1]) Das Grab galt als Wohnung der als leiblich fortlebend vorgestellten Verstorbenen: man gab ihnen Speise und Trank, Geräte und Waffen mit; dem Hausherrn mußten ursprünglich auch seine Lieblingsfrau und die Sklaven, die er im Leben zu seinem Wohlsein nötig gehabt hatte, in den Tod folgen. Noch bei Homer schlachtet Achilleus bei der Bestattung des Patroklos zwölf gefangene trojanische Jünglinge, wahrscheinlich um ihre Seelen dadurch im Jenseits zu Sklaven seines Freundes zu

[1]) Vrgl. Sammlung Göschen Nr. 16 **Griechische Altertumskunde** S 161 f

machen. Später traten Tieropfer an Stelle der Menschenopfer, symbolische Bräuche deuteten aber auch dann oft noch an, daß eigentlich diese zu schlachten seien.

Speise und Trank mußten selbstverständlich von Zeit zu Zeit erneuert werden; deshalb besteht der Gräberkult hauptsächlich in wiederholter Darreichung von Nahrungsmitteln, wie sie alljährlich am Geburtstag des Verstorbenen und an den allgemeinen Totenfesten [1]) erfolgte. In Athen beging man später als solche die Nekysia oder Nemesia im September und die Chytroi Ende Februar. Vernachlässigung rächen die Seelen durch Sendung von Krankheit oder Tod, weshalb sie Kēres, d. h. Verderbende genannt wurden. Durch allerlei abwehrende Bräuche suchte man sich vor der Einwirkung jener gefürchteten Mächte zu schützen und die Rückkehr derselben in ihre alte Wohnung zu verhindern.

Auf dieser Stufe der Anschauung behielten die Toten die Gestalt, in welcher sie aus dem Leben geschieden waren, und alle Eigenschaften des Leichnams wurden auf sie übertragen. Durch Darbietung frischen Blutes, das ihnen nach Stillstehen des Herzens fehlt, können sie zeitweilig ins Leben zurückgerufen werden und auf Fragen Antwort geben, eine Annahme, aus der sich die Totenbeschwörung und die Totenorakel entwickelten.

Daneben fand sich die Ansicht, daß die Seele aus dem verwesenden Leibe ausscheide und Tiergestalt annehme. Insbesondere galt die durch geräuschlose und schnelle Bewegung ausgezeichnete und häufig in der Erde wohnende Schlange als Seelentier, doch wurde den Geistern der Verstorbenen auch die Gestalt von Fledermäusen, Vögeln und Schmetterlingen (später) beigelegt.

[1]) Vrgl. Sammlung Göschen Nr. 16 Griechische Altertumskunde S. 123. 163.

§ 4 Ueberall in Griechenland war jedenfalls schon in jener Zeit neben dem eigentlichen Totenkult die Verehrung mächtiger, unter dem Boden in höhlenartigen Gemächern (μέγαρα) hausender Wesen verbreitet, die teils als unterirdische Götter, teils als Heroen bezeichnet wurden. Von diesen erzählte man zuweilen, wie z. B. von Amphiarāos in der Gegend von Theben und Oropos (s. § 172), sie seien, ohne zu sterben, nach ihrem unterirdischen Aufenthaltsort entrückt worden; dennoch erhielten sie Opfer der Art, wie man sie sonst den Toten darzubringen pflegte. Ihre Wirksamkeit übten sie alle nur in der Nähe ihrer Behausung und zwar hauptsächlich dadurch, daß sie den über dieser Schlafenden in bedeutungsvollen Träumen erscheinend bald zukünftige Ereignisse, bald auch die rechten Heilmittel für Krankheiten verkündigten (incubatio). Sie sind offenbar die Herren der in dem Boden ihrer Landschaft wohnenden Seelen; ihre Gemächer aber mögen ursprünglich den mit den Königsgräbern verbundenen unterirdischen Tempeln ähnlich vorgestellt worden sein, die man in Mykenä und anderwärts aufgefunden hat.

§ 5 Als Heroen betrachtete man vielleicht hauptsächlich diejenigen, die als Ahnen (ἀρχηγέται) von Geschlechtern galten, da sich dadurch bei ihren Verehrern der Glaube an ihr einstiges menschliches Dasein lebendig erhielt. Von den gewöhnlichen Toten unterschieden sich diese nur, insofern eben ein ganzes Geschlecht oder ein dem ähnlicher Verband ihnen Verehrung zollte. Immer bildete ihr als Opferstätte benutztes Grab den Mittelpunkt ihres Dienstes. In der späteren bildlichen Darstellung, die jedenfalls an die alten Vorstellungen anschließt, erscheinen sie gewöhnlich als Kriegshelden, weil man sich die Stammväter meist als solche dachte, oft zu Pferde, auf einem Throne sitzend, oder auf einem Speisesofa lagernd und schmausend (Totenmahlreliefs), umgeben von ihren Verehrern, die als Menschen viel kleiner als die Heroen selbst gebildet sind. Neben Waffenrüstung, Pferd und der Schlange ist deshalb der Becher zu ihrem gewöhnlichen Attribut geworden.

Diese ursprünglichen Heroen sind nun aber bereits bei Homer mit solchen Gestalten, welche die Dichter selbst geschaffen haben, so innig verbunden, auch sind ihre eignen Schicksale und Thaten von der Poesie so wesentlich um- und ausgestaltet worden, daß das Echte nicht mehr ausgesondert werden kann. Es ist deshalb die Heldensage trotz ihres zum Teil hohen Alters an letzter Stelle im Zusammenhang darzustellen.

Das dem Menschen eingeborene Streben, den ursächlichen § 6
Zusammenhang aller von ihm beobachteten Erscheinungen zu begreifen, beschränkt sich aber nicht auf die seine eigene Person angehenden Vorgänge; er betrachtet auch die Natur, in der er lebt, und deren Einwirkung er empfindet. Wie das Kind den Dingen seiner Umgebung, sobald diese irgend eine Thätigkeit auszuüben scheinen, die Eigenschaft des Lebens beilegt, so hält auch der Naturmensch alles, was eine Kraft äußert, sich bewegt oder Fruchtbarkeit zeigt, ebenso für belebt, wie sich selbst, d. h. er glaubt, es sei gleichfalls von einem seelenartigen Wesen (Naturdämon) besessen und erfüllt, das den Grund seiner Thätigkeit bilde.

Ist nun die in einem Naturvorgang beobachtete Kraftäußerung gewaltiger und von längerer Dauer, als daß sie von einem gewöhnlichen Menschen oder Tiere ausgehen könnte, so erhebt sich auch der vorausgesetzte Urheber derselben, der Naturdämon, über das tierische oder menschliche Maß an Macht und Lebensdauer. Je nachdem sie aber dem Menschen feindlich oder freundlich, gewaltig oder mild, schaffend oder empfangend erscheint, legt man dem sie bewirkenden Wesen freundliche oder feindliche Gesinnung, männliches oder weibliches Geschlecht bei, ohne es jedoch zunächst von ähnlichen Dämonen durch zahlreiche Sondereigenschaften zu unterscheiden, wie dies auch die späteren Griechen in Rücksicht auf die Scharen der Flußgötter, Nymphen, Nereiden, Satyrn u. s. w. keineswegs gethan haben.

§ 7 Eine als Einzelperson scharf bestimmte Gottheit konnte sich dagegen bei der natürlichen, durch unwegsame Gebirge hervorgerufenen Abgeschlossenheit der Landschaften Griechenlands immer nur an einem einzelnen Orte entwickeln und ausgestalten, wenn irgend eines jener Gattungswesen seelischer oder dämonischer Art infolge besonderer Umstände (z. B. zufällige Erfolge von Gebet und Opfer, Wunderthaten, Heilungen) scheinbar an Macht und deshalb auch an Verehrung über alle anderen seines gleichen emporstieg. Zur Gottheit wurde es, sobald ihm eine größere menschliche Gemeinschaft die Macht zuschrieb, alles das zu gewähren, was die einzelnen wünschen, und sie vor allem zu schützen, was sie fürchten.

Eine solche vermochte in jedem beliebigen Gegenstande, in Bäumen so gut, wie in vom Himmel gefallenen Steinen, in Quellen und Flüssen ihren Sitz (ἕδος) zu nehmen, ohne daß man sich über ihre eigene Gestalt eine klare Vorstellung machte. Erst wenn man sie selbst darzustellen und ihr in ihrem eignen Bilde einen besonders angenehmen Sitz zu geben versuchte, mußte man sie einem wirklichen belebten Wesen, einem Menschen oder auch einem Tiere, ähnlich formen, da man auf rein geistige Wesen eben nur von den thatsächlich beobachteten körper-geistigen aus schließen kann. Dabei legte man ihnen alle erstrebenswerten Eigenschaften, die die letzteren besitzen, in gesteigertem Maße bei und befreite sie von aller Beschränkung derselben. Mit der Zunahme der Gesittung wurden die Gottheiten somit naturgemäß, sobald diese selbst als erstrebenswert galt, zu Hütern derselben, in der Art, wie die Götter uns bereits bei Homer meistens entgegentreten.

Da sich der Mensch also alle überirdischen Gewalten nur § 8
nach seinem eigenen Bilde als übermächtige Persönlichkeiten vorstellen kann, so versucht er auf diese in gleicher Weise einzuwirken, wie er es bei menschlichen Gewalthabern zu thun gewohnt ist: er zeigt ihnen seine Verehrung dadurch, daß er sich ihnen in demütiger Stellung, mit gereinigtem Körper und in reinem Gewande naht; er bittet um ihre Gnade und, wenn sie zürnen, um Schonung oder Verzeihung; er schenkt ihnen das Beste, was er selbst besitzt, um sich ihrer Gunst zu versichern, um seinen Dank für empfangene Wohlthaten auszudrücken oder um eine gegen sie verwirkte Schuld zu büßen und zu sühnen.

So entstehen die Hauptformen des Kultus: die Reinigung, § 9
das Gebet und das Opfer. Zum Ausdruck der demütigen Scheu und Unterwürfigkeit warf man sich wirklich auf den Boden nieder (προςκυνεῖν, supplicare), oder man erhob wenigstens die Hand mit aufwärts gerichteter Innenfläche gegen den Aufenthaltsort der Gottheit und ihres Bildes; außerdem fesselte man sich aber auch selbst durch Bande oder Binden, um sich so ganz machtlos in die Hand derselben zu liefern. Deshalb umwindet man sich später bei Ausübung jeder heiligen Handlung selbst ebenso, wie die Opfertiere und Gegenstände, die man den Göttern weiht, mit Binden (Tänien), und das Wort religio bezeichnet eigentlich geradezu nur das Verhältnis des Gebundenseins, in welchem man der Gottheit gegenübersteht, die Verbindlichkeit oder Verpflichtung, die man ihr gegenüber empfindet.

Auch alle Reinigung (καθαρμός, lustratio von luo) § 10
war ursprünglich auf den Körper bezüglich, und Wasser das

Hauptersordernis dabei. Sie wurde daher besonders bei blutigem Mord und bei Berührung eines Toten nötig, um sich so der Macht der gefürchteten Totengeister, in deren Bereich man dadurch geraten ist, zu entziehen; die Vorstellung der Befreiung von einer sittlichen Schuld verband man erst in viel späterer Zeit mit dem alten Brauche. Das Wasser des Meeres oder einer Quelle benutzte man deshalb, weil solches nicht dauernd verunreinigt werden kann.

Ebenso entstand das Gebet aus der einfachen Bitte, deren Wirkung man durch Hinzufügung eines Versprechens (Gelübde, εὐχαί, votum) erhöhen zu können glaubte. Bestimmte Formeln wurden nur darum angewendet, weil der Erfolg bei ihnen gezeigt zu haben schien, daß sie mehr als andere Worte imstande seien, die Götter zur Erfüllung der ausgesprochenen Bitte zu bewegen.

§ 11 Als Gabe (ἀνάθημα) brachte man alles das dar, was das Wohlgefallen der Gottheit zu erregen geeignet ist; deshalb waren es einerseits Gegenstände, welche bei den Kulthandlungen oder zum Schmuck des Tempels gebraucht wurden, andererseits solche, die für den Weihenden selbst einen besonderen Wert besaßen. Die gewöhnlichste der den Göttern dargebrachten Gaben war jedoch das Speise- und Trankopfer, und zwar bestand dasselbe aus allen Dingen, die der Mensch selbst genießt, da man ursprünglich sicherlich auch bei den Göttern ein leibliches Genießen voraussetzte. Später ließ man durch Verbrennen des Opfers wenigstens den angenehm duftenden Dampf und Rauch in das Bereich der Himmlischen emporsteigen.

§ 12 Wie endlich die Menschen ihren Willen durch Zeichen oder Worte zu erkennen geben, so suchte man denjenigen der Gottheit aus Zeichen (τεϱατα, ostenta), wie Blitz, Regenbogen, Sonnen- und Mondfinsternis und Vogelflug, oder aus bedeutungsvollen Worten und Lauten (φῆμαι, κληδόνες, omina) zu erkunden. Aus ersteren entwickelten sich in Griechenland die Zeichenorakel des Zeus, in Italien die auspicia und die ganze Auguraldisziplin, aus letzteren die Spruchorakel des Apollon. Letztere (ursprünglich nur Zeichen- und Losorakel) wurden späterhin durch die dionysische Begeisterungsmantik stark beeinflußt. Die Beobachtung der Leber und der übrigen Eingeweide geschlachteter Opfertiere (ἱεροσκοπία, haruspicina) ging dagegen aus der allgemeinen Forderung hervor, daß ein Opfertier gesund und fehlerlos sein müsse.

Als Ort der Gottesverehrung dienten in ältester Zeit, solange die Götter selbst noch in Bäumen, Quellen und vom Himmel gefallenen (oder dafür geltenden) rohen Steinen und Spitzsäulen (βαίτυλος) wohnten, heilige mit einer Einfriedigung (περίβολος) versehene Haine (τέμενος, templum); später wurde der Hauptbau des alten Wohnhauses der Menschen (μέγαρον, aedes), das aus einem Saal mit einer Vorhalle bestand, zum Vorbild für das Wohnhaus der Gottheit, den Tempel (νεώς, ναός, cella), genommen.

Die griechische Religion seit dem Beginne des Homerischen Zeitalters.

Die durch andrängende Feinde veranlaßten Wanderungen § 13
der griechischen Stämme nach dem Süden und über das östliche Meer nach den Inseln und der Küste Kleinasiens hin, die sich etwa tausend Jahre vor unserer Zeitrechnung abspielten, riefen auch im Religionswesen eine gewaltige Umwandlung hervor.

Bei dem Aufbruch der Stämme zogen zwar die von ihnen verehrten Götter mit in die neue Heimat und erhielten hier neue Kultstätten; dennoch blieb ihr Dienst auch in ihren alten Heiligtümern in Uebung und wurde von der Eroberern infolge der Furcht, sich diese Götter zu Feinden zu machen, bereitwillig übernommen. Während früher aber an jedem Orte vielleicht nur eine Hauptgottheit verehrt worden war, trafen jetzt infolge der Verschiebung und Mischung der Stämme und Kultgenossenschaften viele von ihnen in demselben Gau zusammen. Um Raum für alle zu schaffen, mußte das Machtbereich der einzelnen dann eingeschränkt und auf besondere Gebiete des Lebens bezogen werden, wenn sie auch gelegentlich ihrem einstigen umfassenderen Wesen entsprechend in fremde Sonderbezirke übergreifen.

§ 14 So entwickelt sich allmählich nach irdischem Vorbilde die bei Homer uns entgegentretende Vorstellung von Götterfamilien und einem patriarchalisch eingerichteten Götterstaate, in dem jedes einzelne Glied nur die ihm zukommende Thätigkeit ausübte. Zur Herstellung der Ordnung in den einander widerstreitenden Ansprüchen der Sondergottheiten mögen die vielgewanderten Rhapsoden, die Vorgänger Homers, und dieser selbst in hohem Grade beigetragen haben. Sicherlich entfernten sie sich aber nicht wesentlich von dem in ihrer Heimat, den jonischen Städten der kleinasiatischen Küsten und Inseln, herrschenden Glauben. Gerade hier mochte die Mischung verschiedener Volksteile bereits stark in jenem einschränkenden und ausgleichenden Sinne thätig gewesen sein.

a) Seelenwesen und Todesgottheiten.

§ 15 Besonders auffällig ist die Veränderung, die sich in der Auffassung vom Wesen und von den Daseinsbedingungen der Totenseelen bemerkbar macht. Mehr als bei den eigentlichen

Gottheiten war ihr Dienst an den ursprünglichen Kultort gebunden, denn er bestand ja ausschließlich in der Spendung von Nahrung für den im Grabe ruhend fortlebenden Leichnam. Bei der Trennung vom Lande der Vorfahren hörte der Dienst der dort bestatteten Toten notgedrungen auf; nicht einmal die Reste der allverehrten Urahnen konnte man mitnehmen. Dazu kam die Einwirkung der neu aufkommenden Sitte des **Verbrennens der Verstorbenen**, die vielleicht geradezu den Zweck hatte, die sonst durch die Pflege des Leichnams erhaltene Kraft und Macht der abgeschiedenen Seele so schnell als möglich zu vernichten, um vor ihrem Zorn gesichert zu sein.

In Verbindung damit trat allmählich der Begriff der **Körperlosigkeit der Toten** in den Vordergrund. Da man beim Tode das Aufhören der Lebensthätigkeit mit dem Aushauchen des letzten Atemzuges zusammenfallen sah, so betrachtete man den Atem selbst als Grund des Lebens, d. h. als Seele, wie die Doppelbedeutung von *ψυχή*, anima, Atem u. dergl. beweist. Deshalb dachte man sich jetzt die aus den Körpern ausgeschiedenen Seelen luftartig, ließ ihnen freilich daneben infolge einer Vermischung mit der früheren Anschauung ihre menschliche oder tierische Gestalt, so daß sie bald als Schattenbilder (*σκιαί*, umbrae) oder rauchartige Scheinbilder (*εἴδωλα*, simulacra, imagines), bald als kleine, geflügelte, schwebende, sonst aber menschenähnliche Gebilde aufgefaßt wurden. § 16

Zugleich entwickelte sich aus den allen Einzelgräbern gemeinsamen Merkmalen der Begriff eines wie diese selbst unterirdischen, für den Menschen durch Gebet und Opfer aber nicht erreichbaren **Gesamtaufenthaltsortes der Seelen**, der von der Oberwelt durch unüberschreitbare Flüsse, wie die Styx (die Verhaßte), den Achērōn (Fluß des Leids),

Kōkȳtos (Klagefluß), Pyriphlegĕthōn (Feuerbach) und die Lēthē (Vergessenheit), aus der die Verstorbenen Vergessenheit tranken, getrennt ist.

§ 17 Sobald der Körper des Toten mit Erde bedeckt worden ist, führt der Fährmann Charon die am Ufer harrende Seele über die Styx oder den Acheron; dafür erhält er den Obolos (Groschen), den man jedem Verstorbenen gewissermaßen als Kaufpreis für seine ihm sonst mitzugebende Habe unter die Zunge legte, als Lohn. In der Unterwelt aber leben die Verstorbenen nach Homers Glauben ein trauriges, inhaltloses Scheinleben, indem sie ohne Bewußtsein und thätige Kraft ihre irdische Beschäftigung unverändert fortsetzen. Nur einzelnen von den Göttern besonders geliebten oder gehaßten Menschen bleibt auch dort Bewußtsein und Empfindung, so daß sie für ihre Thaten auf Erden belohnt oder bestraft werden können. Aus diesem Reiche des Todes giebt es keine Rückkehr; deshalb wacht am Eingang, den man später in verschiedenen Schluchten, wie z. B. bei Kichyros in Thesprotien, bei Pheneos in Arkadien, am Vorgebirge Tainaron in Lakonien und am Averner See bei Cumä in Unteritalien zu erkennen glaubte, der dreiköpfige Hund Kérbĕros, und auch Charon führt niemand rückwärts über die Styx.

§ 18 Durch den natürlichen Wunsch einer freundlicheren Gestaltung des Lebens nach dem Tode wurde in nachhomerischer Zeit die Vorstellung vom Elysion (*Ἠλύσιον τὸ πεδίον*), der Flur der Hinkunft oder der Dahingegangenen (vergl. *ἐλήλυθα*), hervorgerufen, die man sich am westlichen Ende der Erde am Okeanos, nicht in der Unterwelt, dachte; denn hierher werden von den Göttern manche der ihnen besonders teuren, mit Sterblichen erzeugten oder ihnen sonst verwandtschaftlich nahe stehenden Heroen und Heroinen, ohne daß sie erst sterben müssen, zu einem seligen, götterähnlichen Genußleben entrückt; bei späteren Dichtern treten dafür die Inseln der Seligen ein.

Seit dem 5. Jahrhundert v. Chr. entwickelt sich mit der Zunahme des Glaubens an eine ausgleichende Gerechtigkeit unter dem mächtigen Einfluß der orphischen Lehre die Vorstellung von einem Totengerichte. Nach dieser weisen Minos, Rhadamanthys und Aiakos den Verstorbenen in Rücksicht auf ihr irdisches Leben den Aufenthalt im Elysion oder dem finsteren Strafort des Tartaros, dem tiefsten Abgrund der Unterwelt, an.

Bei Homer dagegen ist von einer solchen göttlichen Ver- § 19
geltung nach dem Tode im allgemeinen noch nicht die Rede. Wie einzelne Lieblinge der Götter mit einem seligen Fortleben beschenkt werden, so kennt er allerdings die Bestrafung einzelner großer Verbrecher, wie des Sisyphos und Tantalos, die gegen die Götter selbst gefrevelt haben, sonst aber ist die Strafe sogar des Mordes den irdischen Rächern überlassen. Nur wenn es an einem durch das Gesetz zur Blutrache verpflichteten Verwandten fehlt, verfolgt nach ältester Anschauung die zürnende Seele (Erinys) des Getöteten selbst den Mörder. Dies ist besonders dann der Fall, wenn der eigene Sohn die Eltern oder der Bruder den Bruder erschlagen hat, der sonst selbst zur Blutrache verpflichtet wäre. Bei Homer aber haben sich aus den zürnenden Einzelseelen bereits eigene in der heiligen Dreizahl vorgestellte Rachegöttinnen, die Erinyen, entwickelt, die im Dienste des Zeus die sittliche Ordnung in der Welt hüten und deshalb auch *Πραξιδίκαι* heißen. Um sie zu begütigen, nannte man sie in Athen gewöhnlich schmeichelnd Semnai, die Ehrwürdigen, und in Sikyon und Argos Eumenides, die Wohlgesinnten.

Wie Leichen fressende und deshalb als Seelentiere be- § 20

trachtete Hunde und Raubvögel, unter deren Bild sie früher wahrscheinlich vorgestellt worden waren, verfolgen sie den flüchtigen Mörder in der Gestalt von schwarzen, geflügelten Frauen, um deren Haupt sich Schlangen ringeln. Auch in den Händen halten sie solche oder brennende Fackeln oder eine Peitsche, deren Schlag den Getroffenen in Wahnsinn und Betäubung versetzt. Ihre Wohnung ist die Unterwelt, aus der sie durch den Fluch der Verletzten oder auch durch die Selbstverfluchung Eidbrüchiger emporgerufen werden.

§ 21 Eine andere Art solcher weiter gebildeter Seelenwesen sind die in den Sturmwinden als seelenentführende, lebenraubende Todesgöttinnen thätigen Harpyien (die Raubenden) Aelló, die Sturmfüßige, und Okypéte, die Schnellfliegende. Sie werden geflügelt und roßgestaltig, dann auch als geflügelte Frauen oder als Wesen mit Frauenkopf und Brust, aber mit Vogelleib dargestellt, Bildungen, durch die ihre Schnelligkeit zum Ausdruck gebracht werden soll. Die Seelen der von ihnen Getöteten tragen sie auf dem altertümlichen Relief von Xanthos wie Kinder an ihre Brust gedrückt davon.

§ 22 Zu Heroen oder Göttern von allgemeiner Geltung sind in Homers Zeit auch einzelne der einst auf ihre Landschaft beschränkten, in Höhlen hausenden unterirdischen Herrscher, die oben § 4 besprochen sind, geworden. Zu den angesehensten von ihnen gehört Asklēpios, der wahrscheinlich ursprünglich in der Nähe des thessalischen Trikka am Fuße des Pindos zu Hause ist. Seine Verehrer und Priester, das Geschlecht der Asklepiaden, betrieben die Heilkunde als Geheimwissenschaft, so daß die von ihrem Gotte durch Traumorakel angeordneten und von ihnen geschickt angewandten Heilmittel den gewünschten Erfolg zu haben pflegten. Deshalb stieg sein Ansehen über andere Wesen seiner Art empor, seine Verehrung aber wurde dann weiter getragen; sie gelangte nach Boiotien, wo sie sich mit dem ähnlichen Kult des Trophonios zu Lebadaia verband, später nach Phokis, Athen und Epidauros in Argolis, zuletzt auch nach Rom, nur wurde hier der Name des Gottes in Aesculapius umgewandelt.

Wie ein Verstorbener wird er in der Gestalt einer Schlange § 23
vorgestellt, und bei Homer erscheint er wirklich noch als ärztlicher Heros. Ihm ist er ein Sohn des Heilgottes Apollon, von dem weisen Kentauren Cheiron aber wird er in der Heilkunde unterrichtet. Als er sogar Verstorbene durch seine Kunst ins Leben zurückruft, beklagt sich der Gott der Unterwelt über ihn bei Zeus, und dieser erschlägt ihn daraufhin mit seinem Blitze. Seine Kinder sind die Aerzte Machāon und Podaleirios und die Spenderinnen der Gesundheit und Heilung Hygieia (die Gesundheit Verleihende), Jasō (Heilerin), Panakeia (Allheilerin), und Aiglē (die Glanzverleihende). Dargestellt wird Asklepios meist als freundlicher, klug blickender Mann, stehend und mit entblößtem Oberkörper. Als Kennzeichen führt er einen großen, mit einer Schlange umwundenen Stab, oft auch eine Kopfbinde.

Wesensverwandt ist ihm ursprünglich gewiß auch der in § 24
der Landschaft Elis heimische H a d e s. Vom Ortsgotte war dieser aber zur Zeit Homers zum Beherrscher der allen gemeinsamen Unterwelt emporgestiegen. Wie die Toten selbst ist er unsichtbar, daher er eben Aïdoneus, Aïdes oder H a d e s, der Unsichtbare oder Unsichtbarmachende (ἀ privativum + ἰδ-εῖν), heißt; diese Eigenschaft schreibt man einem tarnkappenartig wirkenden Helm zu, den er zu tragen pflegt.

Der allgewaltige Beherrscher der Unterwelt gilt als Bruder des Zeus und des Poseidon, ja er wird selbst der unterirdische (χθόνιος) Zeus genannt und wie jener mit dem Scepter thronend dargestellt. Seine Gattin ist Persephóneia oder Persephŏnē, und ebenso wie diese ist Hades als Herrscher der Erdtiefe zugleich auch Schützer des Getreides, solange es im Schoße der Erde ruht. Er führt in dieser Eigenschaft das Füllhorn als Abzeichen und wird unter dem Namen Pluton (der Reichtum Gewährende; lat. Dis Pater), Klymenos (der Erlauchte) und Eubuleus (der Wohlwollende) viel verehrt, während er als Todesgott besonders zu Pylos (Thor der Unterwelt) in Elis verehrt wurde. Wenn man zu ihm betet, schlägt man die Erde, damit er es höre, mit den Händen; wie den Verstorbenen selbst aber opfert man ihm schwarze Opfertiere. Die auf den Gräbern gepflanzte und sonst im Totenkult viel verwendete dunkelfarbige Cypresse und die schnell dahinwelkende Narcisse sind ihm heilig. Die Erinyen, Thanatos und der Schlafgott Hypnos, der diesem ähnlich gebildet wird, wohnen in seinem Reiche. Ueber seine Verwundung durch Herakles siehe § 143.

b. Olympische Gottheiten.

§ 25 An der Spitze des olympischen Götterstaates finden wir bei Homer Zeus und seine königliche Gattin Hera. Ihre Lieblingskinder sind die Schützerin der Webekunst und die Freundin der Helden Athena, sowie der geschickte Schmied Hephaistos. Etwas ferner stehen ihnen Apollon, Artemis und Hermes, sowie die Geschwister des Zeus, die Getreidespenderin Demeter und der Meerbeherrscher Poseidon. Die wahrscheinlich aus der Fremde stammenden Gottheiten Ares und Aphrodite sind in die Götterfamilie bereits als gleichberechtigt aufgenommen; dagegen weichen die Vertreter von Sonne und Mond, sowie die übrigen Naturgötter in den Hintergrund zurück. Die Macht der Schicksalslenkerinnen ist erst in der Entwicklung begriffen. In nachhomerischer Zeit verbreitet sich endlich die mystisch-ekstatische Dionysosreligion und gewinnt den inzwischen veräußerlichten übrigen Götterdiensten gegenüber durch ihre Wirkung auf das Gemüt und die Einbildungskraft hohe Bedeutung.

I. Zeus und sein Kreis.

Der Stamm des Namens *Ζεύς*, der sich im Genetiv § 26
ΔιϜός zeigt, geht jedenfalls ebenso wie das indische Dyaus, das deutsche Ziu und das lateinische Juppiter, welches aus Diovis oder Jovis und pater zusammengesetzt ist, auf die Wurzel div (schleudern, schießen, leuchten) zurück, so daß er ebenso gut einen Blitz wie einen Lichtgott bezeichnen kann; bei den Griechen und Römern aber hat sich diese Gottheit entschieden zum Gewittergott entwickelt. In Thessalien und dem einst von Thessalern bewohnten Teil von Epirus scheint Zeus altheimisch zu sein, insbesondere machte D o d o n a am Fuße des Tmaros oder Tomarosgebirges Anspruch darauf, als Ursitz seiner Verehrung zu gelten. In dieser ungewöhnlich gewitterreichen und deshalb gut bewässerten, fruchtbaren Gegend wohnte er als Zeus *νάιος* (der Feuchte), wie er sonst als Regenspender *ὑέτιος* und *ὄμβριος* genannt wird, in einem uralten Eichenhain, oder vielmehr in einem einzelnen Baume desselben, an dessen Fuß eine heilige Quelle entsprang. Durch das Rauschen der Zweige that er den Sterblichen und vor allem seinen Priestern, den nach Sitte der Urzeit im Schutze der Bäume ohne sonstiges Obdach auf der Erde schlafenden Sellern (*Σελλοί*), seinen Willen kund, daher Dodona als angesehenste Zeusorakelstätte galt. Anderwärts wurden Blitz und Donner, sowie bedeutungsvolle Vögel, hauptsächlich der

wie ein Blitzstrahl aus den Wolken auf seine Beute herabstürzende Adler als Träger seiner Bestimmungen angesehen.

27 Die Baumwohnung des Gottes (Zeus ἔνδενδρος) deutet auf das hohe Alter seines Kultes in dieser Gegend; gerade in einer Eiche aber verehrte man ihn offenbar deshalb, weil vor Einführung des Getreidebaus die Eicheln neben dem Fleisch das Hauptnahrungsmittel der Menschen bildeten, und außerdem der Blitz, in dem Zeus κεραύνιος selbst als καταιβάτης auf die Erde herabfährt, den hochragenden Eichenstamm häufiger als andere Bäume trifft.

28 Mit der Zeusverehrung in Dodona ist die auf dem Lykaion (Wolfsberg) im Südwesten Arkadiens nahe verwandt; auch hier ist ihm die Eiche und eine Quelle heilig, wenn sie auch nicht wie dort im Kulte die erste Stelle einnehmen. Bei anhaltender Trockenheit berührte hier ein Priester mit einem Eichenzweig die Oberfläche der Quelle Hagno (die Heilige, Reine), bis ein Nebel daraus emporstieg, der zur Wolke verdichtet (Zeus νεφεληγερέτης) den gewünschten Regen brachte.

29 Dagegen befand sich das Heiligtum des Zeus, das niemand betreten durfte, auf dem Olympos genannten Gipfel des Berges; es ging die Sage, daß derjenige, der in dasselbe eindringe, dort — wie dies ja im olympischen Lichtreich natürlich ist — keinen Schatten werfe. Das hohe Alter auch dieses Kultes beweist der Umstand, daß er Menschenopfer erheischte, welch grausamen Brauch der König Lykaon, der Stifter der zu Ehren des Zeus ebenda gefeierten Kampfspiele (Λύκαια), eingeführt haben sollte. Er schlachtete einst ein Kind (seinen Sohn oder Enkel) und setzte es dem Zeus zum Mahle vor — wie man später erklärte, um dessen Allwissenheit auf die Probe zu stellen; eigentlich ist aber jedes Opfer als Speisung

der Gottheit zu betrachten. Zur Strafe dafür wurde er in einen Wolf (λύκος), das Bild des flüchtigen Mörders, verwandelt. Wie Zeus die Macht hat, die Blutschuld auf diese Weise zu strafen (Z. τιμωρός), so kann er dem Reuigen als Z. καθάρσιος auch Sühnung und Reinigung gewähren (vgl. Apollon).

Während er in Dodona wahrscheinlich überhaupt als § 30
Spender aller guten Gaben angesehen wurde, ist er hier in Arkadien der auf den Berggipfeln, wo sich Gewitterwolken lagern, wohnende Z. ἀκραῖος oder κορυφαῖος, wie er später in ganz Griechenland, besonders aber auf dem hohen Olympos in Thessalien, Verehrung genoß. Von diesen Höhen aus beherrscht er als höchster Gott (ὕπατος, ὕψιστος), wie ein König von seiner Felsenburg herab, selbst auch Z. βασιλεύς genannt, das umliegende Land. Neben den Hauptzeichen seiner Macht, dem Blitze und der Aigis, dem von Blitzschlangen umzuckten Abbild der Gewitterwolke, die später meist als schlangenumsäumtes, zottiges Ziegenfell gebildet wurde, führt er als Symbol seiner Herrschaft das Scepter. Als Landesherr schützt er das § 31
Recht und alle Frommen und straft jedes Unrecht, besonders den Meineid (Z. ὅρκιος), sowie die Verletzung des Gastfreundes (Z. ξένιος) oder Schutzflehenden (Z. ἱκέσιος). Ihm, dem Schützer des Hauses und Herdes (Z. ἑρκεῖος), opfert daher der Hausvater, dem Schutzgott des Geschlechts (Z. γενέθλιος) der Vorsteher desselben, und viele Herrscherfamilien leiteten ihre Herkunft von ihm als ihrem Stammvater ab. Wie der König seinen Mannen in der Schlacht voranschreitet, so führt auch Zeus als Vorkämpfer und Feldherr (Z. ἀγήτωρ, στράτιος, στρατηγός) seine Verehrer und hält den Sieg (νίκη) in seiner Hand, daher Pheidias seiner Statue des olympischen Zeus die geflügelte Nike auf die vorgestreckte Hand stellte.

32 Die Einordnung in das griechische Göttersystem erfolgte, wie es scheint, in Kreta. Die Sage von der Geburt und dem Tode des Zeus beruht jedenfalls auf dem Lokalkult einer unterirdischen Zeus chthonios genannten Gottheit, deren Höhlenwohnung als Grab betrachtet wurde. Sein Vater wird hier der seine eignen Kinder verschlingende Kronos; an Stelle des Zeus reicht ihm aber seine Gattin Rhea, die μήτηρ ὀρεία, eine der kleinasiatischen Kybele und Artemis verwandte mütterliche Gottheit, einen wie ein Kind gewickelten Stein, d. h. vielleicht: den Zeus selbst, wie er als Donnerstein in die Gewitterwolke gehüllt ist, um dann im Blitzstrahl vom Himmel ausgespieen zu werden. In einer Höhle des Idagebirges wächst er, von der Ziege Amaltheia, einem Bilde der nährende Feuchtigkeit spendenden Gewitterwolke, gesäugt, schnell heran, bis er seinen Vater zu überwältigen imstande ist.

33 Durch seinen Beinamen Titan wird dieser als Himmels- und Sonnengott bezeichnet, und eine Reihe älterer Kultwesen erscheinen als Titānen neben ihm. Mit Hilfe anderer Götter und der Kyklōpen (Rundaugen) Arges (Wetterleuchten), Brontes (Donner) und Sterŏpes (Blitz), deren einziges rundes Auge der Blitz ist, besiegt sie Zeus und stürzt sie in den Tártaros, den tiefsten Teil der Unterwelt, hinab, nachdem er seinen Vater gezwungen hat, auch seine früher verschlungenen Kinder wieder von sich zu geben. — Daß sich in diesem Kampfe das dem Toben einer Schlacht verglichene Gewitter spiegelt, beweisen die Namen der die Entscheidung herbeiführenden Kyklopen.

34 In naher Beziehung hierzu stehen auch die beiden anderen Kämpfe des Zeus mit den Giganten und mit Typhōeus. Erstere gelten als die riesenhaften Söhne der Ge, die sich gegen die Herrschaft des Zeus empören, aber (unter Beistand

der Athena, der übrigen olympischen Götter und des Herakles), hauptsächlich durch die Blitze des Zeus überwältigt mit Bergen überschüttet werden, unter denen sie durch das Blitzfeuer brennend und vor Schmerzen zuckend Vulkanausbrüche und Erderschütterungen hervorrufen. In der Odyssee sind sie ebenso wie die Kyklopen bereits zu einem irdischen, Felsen schleudernden Riesenvolke geworden, das von den Göttern infolge seines Uebermutes vernichtet wird. Die Kunst der hellenistischen Zeit aber bildete sie, und zwar insbesondere an dem jetzt in Berlin befindlichen Fries des Altars von Pergamon, meist mit Schlangenfüßen.

Ebenso ist Typhöeus oder Typhōn (der Dampfende, Qualmende) eine wahrscheinlich ursprünglich kleinasiatische, vielleicht am Argaiosberg in Kappadokien heimische Verkörperung des bei Erdbeben aus der Erde und aus den Vulkanen hervorbrechenden Dampfes und Rauches, sowie der gewaltigen, dabei wirksamen Kraft. Obwohl er mit hundert feuersprühenden Schlangenköpfen bewaffnet ist, wird er wie die Titanen von Zeus durch den Blitz in den Tartaros hinabgeschleudert, offenbar ein Bild des scheinbaren Kampfes der jeden Vulkanausbruch begleitenden Gewitter mit den Mächten der Tiefe, die beim Ende der Eruption durch den Krater in das Innere der Erde hinabzusinken scheinen. § 35

Als des Zeus Gattin galt in Dodona Diōne, deren Name offenbar von dem des Zeus selbst abgeleitet ist (vgl. Juppiter und Juno); daher sie als seine weibliche Ergänzung wahrscheinlich die ihm dort hauptsächlich innewohnende Fruchtbarkeit verkörpert. An ihre Stelle tritt — nach Einführung des Getreidebaus — im thessalischen Pyrăsos (Weizenland) die Getreidespenderin Demēter, welche von ihm Mutter der Kora-Persephóne, der unterirdischen Schützerin und Ver- § 36 treterin des Samenkorns, wird. Denselben Gedanken bringt die spätere Dichtung im Verhältnis des regenspendenden Urănos (Himmel) zu der durch diesen befruchteten Gaia (Erde) zum Ausdruck. In ähnlicher Weise verbindet sich Zeus nach argivischer Sage mit Danăē als goldener Regen und nach thebanischer mit Semĕlē, die bei seiner Umarmung stirbt, als er ihr auf ihre Bitte in derselben Gestalt wie der Hera, d. h. als Gewittergott, naht.

37 In Argos, Mykenai, Sparta und (wahrscheinlich von diesem Mittelpunkt ausgehend) auf der Insel Euboia, dem Kithairongebirge, der Insel Samos und vielen anderen Orten steht dem Götterkönig dagegen die Herrscherin Hera zur Seite, deren berühmtester Tempel zwischen Argos und Mykenai lag. Hier, wie an den übrigen Orten ihrer Verehrung, bildet das Hauptfest ihre Hochzeit mit Zeus (*ἱερὸς γάμος*), das im zeitigen Frühjahr begangen wurde. Sie ist die Schützerin der Ehe (*Ἥ. ζυγία, τελεία*) und die eifersüchtige Vertreterin der Frauen und ihrer Rechte; die Entbindungsgöttin Eileithyia gilt als ihre Tochter. Sonst erscheinen Hēbē (die Jugendblüte), der Kriegsgott Ares und der Schmiedegott Hephaistos als Kinder dieses Paares.

38 Ein männliches Gegenbild zu Hebe ist Ganymēdes, der Sohn des Tros oder Laomedon von Troja, den Zeus wegen seiner Schönheit durch einen Adler rauben läßt und zu seinem Mundschenken und Liebling macht; denn ebenso wie sie, kredenzt er den Göttern Ambrosia und Nektar (Honig und Met?), und sie führt geradezu selbst den Beinamen Ganymeda. Die Götterkönigin bildete für den oben erwähnten Haupttempel um 420 v. Chr. Polyklet aus Gold und Elfenbein: Vollbekleidet saß sie auf einem Throne, auf dem Haupt eine Krone (Stephanos), in der Rechten einen Granatapfel,

der wegen seiner vielen Kerne ein Sinnbild der Fruchtbarkeit war; in der Linken hielt sie das königliche Scepter mit einem Kuckuck, dem Boten des Frühlings, als Krönung. In ähnlicher Auffassung tritt sie uns noch in der vorzüglichen Kolossalbüste der Villa Ludovisi entgegen, die aber zugleich der Weise des Praxiteles verwandt ist.

Besonders die später im Vordergrund stehende sittliche § 39
Seite im Wesen des Zeus berücksichtigt dagegen die symbolisierende Dichtung, wenn sie Mētis, die Klugheit, und Thēmis, das Gesetz, als Frauen dieses Gottes brzeichnet und ihn mit letzterer die Hōren Eunomia (Gesetzlichkeit), Dīke (Recht) und Eirēne (Friede), sowie die die Ordnung im Menschenleben bestimmenden Moiren (Schicksalsgöttinnen) erzeugen läßt. Aus gleichem Grunde gilt er als Vater der Chariten und Musen.

Das künstlerische Idealbild des Zeus hat nach der bei § 40
Homer herrschenden Vorstellung Pheidias um 435 v. Chr. für den Tempel in Olympia geschaffen, wo ihm zu Ehren die großen Nationalspiele [1]) gefeiert wurden. Schon die Alten glaubten, daß dem Künstler dabei die Worte der Ilias (1, 528 ff.) vorgeschwebt hätten:

„Sprach's der Kronide und winkte ihr zu mit dunkelen Brauen,
„Und die ambrosischen Locken des Königs walleten rückwärts
„Von dem unsterblichen Haupt, es erbebten die Höhn des Olympos."

Auch die wohl unter dem Einfluß Praxitelischer Kunst etwa 100 Jahre später entstandene Maske von Otrikoli macht denselben Gesamteindruck majestätischer Kraft und göttlicher Ruhe, vereinigt mit Milde und Klarheit.

Die Chariten (lat. Gratiae), die zu Göttinnen der § 41
erfreuenden Anmut aus gütigen Spenderinnen von Frucht-

[1]) Vgl. Sammlung Göschen Nr. 16 Griechische Altertumskunde, S. 172 ff.

barkeit geworden zu sein scheinen, betete man im boiotischen Orchomenos unter dem Symbol dreier roher Steine an, die als vom Himmel gefallen gelten mochten; an anderen Orten stellte man sie schon in sehr alter Zeit als drei lang bekleidete, hintereinander stehende Mädchen mit Musikinstrumenten oder mit Blumen, Früchten und Binden (Tänien) in den Händen vor, so daß sie von Musen oder Nymphen nicht zu unterscheiden sind. Seit dem 5. Jahrhundert v. Chr. verbindet man sie in Athen zu einer sich bei den Händen fassenden Gruppe, aber erst im 3. Jahrhundert werden sie ganz nackt und einander umschlingend gebildet.

In der Ilias ist die einzelne Charis Gattin des Hephaistos; doch kennt Homer auch ein ganzes Geschlecht der Chariten. Ihre Namen sind gewöhnlich Euphrosyne (Frohsinn), Tháleia oder Thalía (Lebensfreude, Festschmaus), und Aglaïa (Glanz), wodurch sie als Göttinnen der heiteren Geselligkeit gekennzeichnet werden, wenn sie auch ursprünglich den Horen nahe gestanden haben mögen.

§ 42 Die Vorliebe für den Reigentanz und die diesen begleitende Musik teilen sie mit den ursprünglich vielleicht thrakischen Musen (den Suchenden oder Erfindenden), den Töchtern des Zeus und der Mnemosynē (Gedächtnis), die besonders in der Landschaft Pierien, am Olymp und am Helikon in Boiotien an heiligen Quellen (Aganippe und Hippokrēnē auf dem Helikon, Kastălĭa am Parnassos) in Verbindung mit Dionysos und Apollon und dem Sänger Orpheus, dem Vertreter der dionysischen Dichtung, verehrt wurden. Ihre Zahl wird in der Ilias und den älteren Teilen der Odyssee noch nicht genannt; in einem jüngeren Abschnitt der letzteren und bei Hesiod erscheinen sie in der gewöhnlichen Neunzahl; aber erst in späterer Zeit sind ihre Wirkungskreise folgendermaßen genauer bestimmt worden: Kalliŏpe, die Schönstimmige, führt als Muse des heroischen Gesanges und der Elegie Schreibtafel und Griffel; Kleió, die Rühmende, — Heldenlied und Geschichte — Schriftrolle; Eutérpe, die Erfreuerin, — Lyrik — Doppelflöte; Tháleia oder Thalia, Lebensfreude, — Lustspiel — komische Maske; Melpomĕne, die Singende, — Trauerspiel — tragische Maske; Terpsichŏre, die Tanzfrohe, — chorische Lyrik und Tanz — große Lyra; Uränia, die Himmlische, — astronomisches Epos und Lehrgedicht überhaupt — Himmelskugel; Erătó, die Geliebte, — Liebeslied — kleine Kithara; Polyhmnia endlich, die Hymnenreiche, pflegt den gottesdienstlichen Gesang und Tanz und erscheint deshalb verschleiert und eingehüllt. Später mag sich aus dem hie und da beim Gottesdienst gebräuchlichen mimischen Tanz ihre Beziehung zum Pantomimus entwickelt haben.

Dagegen sind die Hören, wie ihr Name sagt, Vertreterinnen der Jahreszeiten (ὧραι). Da man in älterer Zeit nur drei Jahreszeiten unterschied, so giebt es auch drei diesen Abschnitten entsprechende, als blühende Jungfrauen vorgestellte Horen. In Attika kannte man sogar nur zwei: Thalló, die Blühende, und Karpó, die Fruchtbringende. Bei Homer öffnen und schließen sie die Himmelspforte, d. h. sie führen die Wolken herauf und wieder hinweg; und auch später gelten sie als Spenderinnen von Regen und Tau. In der Kunst fand die Regelmäßigkeit ihrer Wiederkehr dadurch einen Ausdruck, daß man sie im Tanze begriffen bildete. Eben diese ließ sie aber zugleich als Schützerinnen der Ordnung erscheinen, weshalb sie anderwärts Eunomia (Gesetzlichkeit), Dike (Recht) und Eirēne (Friede) benannt werden. Eirēne war aber auch allein in Athen viel verehrt; oberhalb des Marktes stand ihr von Kephisódōtos geschaffenes Erzbild. Sie hielt hier das § 43

Plutoskind (Reichtum) auf dem Arme, da der Reichtum im Frieden gedeiht. Eine Nachbildung dieses Werkes befindet sich in München.

Die Mutter dieser Horen ist Themis (das Gesetz), die oft auch den Beinamen Soteira (Retterin) führte und zu Athen, Delphoi, Theben, Olympia und Troizen Heiligtümer besaß. Sie wurde als streng und ernst blickende Frau mit dem Füllhorn des Segens und mit der Wage als Symbol der abwägenden Gerechtigkeit aufgefaßt.

II. Ge, Demeter und Kore.

§ 44 Gaia oder Gē ist die breitbrüstige, große Allmutter, die Menschen, Tiere und Pflanzen erzeugt, daher sie in Athen als Kurotrophos (Knaben nährend) verehrt und hier, wie sonst öfter, mit dem Spender der Fruchtbarkeit Zeus verbunden wurde. Weil sie aber auch alles Abgestorbene wieder in ihren Schoß aufnimmt, ist sie zugleich Todesgöttin; sie kennt die Geheimnisse des in der Erde liegenden Totenreichs, und so wurde sie an Erdspalten, die in dieses hinabzuführen schienen, wie besonders bei Aigai in Achaia, als Orakelgöttin befragt; eigentlich glaubte man aber wohl, sie sende die Verstorbenen selbst zur Befragung herauf. Später sind freilich ihre Orakel häufig von solchen des Apollon verdrängt worden.

Als Kurotrophos hält sie sitzend Kinder und Früchte auf dem Schoß, zu ihren Füßen weiden Rinder und Schafe. Weit häufiger aber ist sie als riesige, nur mit dem Oberkörper, seltener auch bloß mit dem Kopfe aus der Erde hervorragende Frau aufgefaßt, und zwar überreicht sie in dieser Gestalt meistens ihren Sohn Erichthonios der Athena zur Pflege. In späterer Zeit lagert sie ein Füllhorn haltend auf dem Boden, und an diese Bildung schließen sich dann die Personifikationen der einzelnen

Länder, Inseln und Städte an, von denen letztere häufig durch eine Mauerkrone näher bestimmt sind.

Unter den Göttinnen der empfangenden Erdfruchtbarkeit § 45
steht Dēmētēr (vgl. μήτηρ), die Schützerin des als Hauptnahrung dienenden Getreides, in besonders hohem Ansehen. Als ihre Eltern gelten Kronos, der die Feldfrucht reifende Sonnengott, und Rhea, die ihrem Wesen nach mit ihr selbst eng verwandt ist. Ihre Beinamen Chloë (die Grüngelbe), Karpophóros, Sītō und Julō (Frucht-, Getreide-, Garbenspenderin) bezeichnen sie als Schützerin der Saatfrucht, wie man ihr die Erstlinge der Ernte darbrachte.

Auch bei Homer ist die schönlockige Demeter, die im thessalischen Pyräsos (Weizenland) verehrte Gattin des Zeus, nur Göttin des Getreidebaus, so daß sie gewöhnlich nicht auf dem Olymp, sondern im Saatfeld selbst zu wohnen scheint; und ebenso stellt sie der ihre Sage enthaltende, vor der Zeit Solons in Attika gedichtete heilige Hymnus dar:

„Ihre und des Zeus Tochter Kŏrē sammelte mit Oke- § 46
nīnen, d. h. mit Töchtern des Okeanos (Quellnymphen), zusammen auf einer Wiese, die nach späterer Sage bei Enna in Sicilien lag, Frühlingsblumen. Als sie darunter die Todesblume Narkissos pflückt, öffnet sich plötzlich die Erde (vgl. Schlüsselblume, Himmelsschlüssel); Hades, der Herrscher der Unterwelt, steigt daraus empor und raubt Kore aus dem Kreise ihrer Gespielinnen. Ohne Speise zu berühren, sucht sie ihre Mutter mit Fackeln in den Händen neun Tage, bis sie von Hekate oder Helios erfährt, wer sie entführt hat. Da Zeus ihre Bitte um Rückgabe der Tochter abweist, verbirgt sie sich zürnend und allen Getreidewuchs verhindernd in Eleusis. Erst nachdem infolgedessen Zeus bestimmt, daß Kore nur je ein Drittel des Jahres in der Unterwelt weilen

soll, kehrt sie in den Olymp zurück und spendet dem Getreide wieder Fruchtbarkeit. Die Verweigerung der völligen Rückgabe wird damit begründet, daß Kore von ihrem Gatten den Kern eines Granatapfels (ein Symbol der Befruchtung) angenommen und gegessen habe."

§ 47 Diese Erzählung deutete man später als ein Bild der Entwicklung des Saatkorns; bei allen Indogermanen findet sich aber auch wirklich die Vorstellung eines engen Zusammenhangs von Kind und Korn, von menschlicher Befruchtung und der Fruchtbarkeit des Saatfeldes, daher man diese durch scheinbar unanständige symbolische, eigentlich auf jene bezügliche Handlungen und Reden hervorzurufen suchte. Aus diesem Grunde erzeugt nach kretischer Sage Jasiōn mit Demeter auf dreimal geackertem Saatfeld den Plutos, d. h. die Fruchtfülle, den Reichtum; umgekehrt aber gedeiht Demophon, der kleine kränkliche Sohn des Königs Keleos von Eleusis, wie das Saatkorn, unter der Pflege der Göttin.

§ 48 Ihm steht offenbar ein anderer eleusinischer Schützling derselben, der Heros Triptolĕmos (Dreimalpflüger), nahe, der als erster Verbreiter des Ackerbaus und Begründer des eleusinischen Kultes verehrt wurde. Auf ihrem eigenen von Schlangen gezogenen Wagen sendet ihn Demeter, mit Samenkorn und Ackergerätschaften ausgerüstet, in die Fremde, um die Menschen den Ackerbau und die sich im Gefolge desselben verbreitende mildere Gesittung und staatliche Ordnung zu lehren. Demeter selbst pries man deshalb als Thesmophóros (Gesetzgeberin), besonders an dem im Saatmonat gefeierten Feste der Thesmophorien.

§ 49 Ihren Hauptsitz hat sie in Eleusis bei Athen, wo sie mit Kŏrē (Mädchen), ihrer und des Zeus Tochter, und mit dem jugendlichen Jakchos, d. h. dem wahrscheinlich von Athen aus in diesen Kult eingeführten Dionysos—Bakchos— Sabazios, in öffentlicher und geheimer Feier (Mysterien) verehrt wurde. Letzterer galt hier bald als der Sohn der Demeter, bald als der der Kore und des unterirdischen Zeus, d. h. des Hades-Pluton, der gleichfalls seit ältester Zeit einen neben einer Höhle gelegenen Tempel daselbst hatte. Pluton und Kore werden in Inschriften hier immer nur „der Gott und die Göttin" genannt, Mutter und Tochter aber wurden zusammen als die „Ehrwürdigen" oder als die „Herrinnen" bezeichnet.

Alljährlich im Boëdromion (September—Oktober) zog § 50
das Volk von Athen auf der heiligen Straße in feierlichem Aufzug, in dem auch zum Danke für die gewährte Ernte Getreidegarben getragen wurden, nach Eleusis. Hier nahm man einen ursprünglich wahrscheinlich der Erneuerung des Lichtes im Frühjahr geltenden Fackelumlauf im Dunkel der Nacht vor, der jedoch gewöhnlich darauf bezogen wurde, daß die Göttin selbst ihre geraubte Tochter bei Fackelschein gesucht habe. Den Eingeweihten (Mysten) zeigte man die heiligen Symbole der Göttin, und um sie an die von ihr den Menschen durch Spendung des Getreides erwiesene Wohlthat zu erinnern, bot man ihnen nach langem Fasten einen mit Polei gewürzten Trank oder Brei aus Wasser und Mehl dar, in welcher Form man jedenfalls in ältester Zeit die Gaben der Demeter genossen hatte (vgl. die puls der Römer). Zum Schluß goß man (als Regenzauber) Wasser aus, indem man zum Himmel blickend: ὕε (regne!) und auf die Erde schauend: κύε (empfange!) ausrief.

Diejenigen Begehungen dagegen, welche später die eleu- § 51
sinischen Mysterien über alle anderen Weihen emporhoben, haben sich erst seit der Zeit des Solon und der Pei-

sistratiden infolge des Wunsches entwickelt, die Vorstellung von dem Fortleben der Seele nach dem Tode freundlicher zu gestalten, als dies bis dahin der Fall gewesen war. Seit dieser Zeit wurde für die Eingeweihten die Sicherung eines glücklichen Lebens im Jenseits gewiß die Hauptsache. Den Glauben daran erweckte man wahrscheinlich dadurch, daß die Wanderung eines Verstorbenen durch die Schrecken der Unterwelt dargestellt wurde; zugleich verkündete der Hierophant, welcher Weg einzuschlagen, und durch welche Zaubersprüche die Gefahren abzuwehren seien, um zuletzt sicher in die Gefilde der Seligkeit zu gelangen, die wohl als Schlußbild gezeigt wurden. Die Weihe an sich gewährte also diese tröstliche Aussicht; ein sittliches Leben galt keineswegs dazu als Vorbedingung, daher den Mysterien kein Einfluß auf Hebung der Sittlichkeit zuzuschreiben ist. Als Vorfeier dieser großen Mysterien beging man im Blütenmonat Anthesterion (Februar—März) in Athen selbst die kleinen Mysterien, bei denen die im Herbste aufzunehmenden Gemeindeglieder eine vorläufige Weihe erhielten.

In Arkadien wurde Demeter mit Poseidon Hippios oder Phytalmios verbunden, ihre Tochter aber dort Despoina, Herrin, genannt. Als Gemahlin des Hades heißt diese selbst Persephóne (die verheerend Mordende?); sie ist die grause Todesgöttin und Herrin der Unterwelt, während sie in den Mysterien infolge ihrer Sage als ein tröstendes Beispiel des glücklichen Fortlebens in der Unterwelt und der Auferstehung gefeiert worden zu sein scheint. — In der älteren Kunst hat sich keine feste Gestaltung für Demeter entwickelt, nur wird sie stets mütterlich und voll bekleidet gebildet. Als kennzeichnende Beigaben führt sie Aehren und Mohn, Scepter oder Fackel. Ihre Tochter ist nur durch jugendliche, mädchenhafte Formen von ihr unterschieden; oft sieht man beide neben einander thronen oder stehen.

III. Athena und Hephaistos.

Nahezu überall in Griechenland und in den Kolonien § 53
wird bereits seit ältester Zeit Athena (Ἀθήνη, Ἀθηναία) verehrt, so daß sich eine Abhängigkeit der Kulte von einander nicht nachweisen läßt. Mehr als andere Gottheiten erscheint sie von Anfang an als voll entwickelte sittliche Persönlichkeit; sie ist Göttin des Kampfes und des Rates, sowie aller Kunstfertigkeit (Athena ἐργάνη), besonders aber der Weberei und der Schiffahrt und deshalb Schützerin der Städte (Athena πολιάς, πολιοῦχος), in denen diese Künste gepflegt wurden. Bei den äolischen und jonischen Stämmen ist sie oft mit Poseidon, bei den Doriern mit Zeus verbunden; am höchsten feierte man sie aber in dem ihr gleichnamigen Athen, auf dessen Burg Poseidon-Erechtheus als nahezu ebenso angesehener Landesgott neben ihr stand. Man zeigte hier den Oelbaum, den sie im Wettstreit um die Herrschaft als ihre Gabe durch den Stoß ihrer Lanze aus dem Boden hatte emporsprießen lassen, in der Nähe der durch den Dreizack ihres Mitbewerbers hervorgerufenen Salzquelle. Ueber dieser erhob sich später der jonische Bau des Erechtheion, während sich der alte Tempel der Athena Polias mit deren der Sage nach vom Himmel gefallenem Holzschnitzbild unmittelbar daneben, ihrem Oelbaume gegenüber, befand.

Dieses Bild war, wie alle alten Darstellungen der Göttin, § 54
ein sogen. Palladion, d. h. eine aufrecht stehende Holzstatue mit zum Angriff geschwungenem Speere (Athena πρόμαχος), die mit einem wirklichen, alljährlich von den vornehmsten Frauen Athens erneuerten Gewande (πέπλος) bekleidet war. Sonst

hatte Athena auf der Burg als Nike noch einen kleinen, jetzt nahezu aus den Trümmern wieder aufgebauten jonischen Tempel neben dem Burgaufgang und einen Altar als Hygieia. Im Kulte behielten diese Stätten immer das höchste Ansehen, an äußerer Pracht und an Kunstwert überragte sie aber bei weitem der gewaltige dorische Parthenon, den Perikles daselbst seit dem Jahre 447 v. Chr. durch Iktinos erbauen und durch Pheidias mit Bildwerken schmücken ließ.

§ 55 Erechtheus, der später auch Erichthonios genannt wird, erscheint als Beiname des Poseidon, doch in der Ilias ist er noch ein erdgeborener König des attischen Landes. Athena empfängt ihn als Kind aus der Hand seiner Mutter, der Erde, zur Pflege und übergiebt ihn in einem Korbe verborgen den Tauschwestern Aglauros, Herse (Tau) und Pándrŏsos (Tau) zur Behütung. Trotz des Verbotes der Göttin öffnen die ersteren beiden den Korb, stürzen sich aber, beim Anblick des schlangengestaltigen Kindes von Wahnsinn ergriffen, vom Burgfelsen hinab (= Quellen, Wasserläufe?). Später sah man Erechtheus-Erichthonios in der im Erechtheion gehaltenen heiligen Burgschlange verkörpert, ein Beweis dafür, daß er ursprünglich ein in der Erdtiefe hausender, sowohl die Fruchtbarkeit des Landes als den Tod veranlassender Gott war (vgl. § 3 f.).

§ 56 Für seinen Vater hielt man den ebenda verehrten Hephaistos. Diesem und der Athena gemeinsam galten die uralten Chalkeen (Schmiedefest), bei welchen die Erfindung des Pfluges und die Geburt des Erechtheus gefeiert wurde. Zusammen mit den Göttinnen von Eleusis dankte man dagegen der Athena an den Procharisterien für das Keimen der Saat, wie man die Abwendung der sommerlichen Hitze von ihr durch die Skirophorien erbat, bei denen der Erechtheuspriester einen großen, weißen Sonnenschirm über sich hielt. In derselben Zeit trugen an den Ersēphorien oder Errephorien (Tautragefest) junge Mädchen verhüllte Heiligtümer aus dem Tempel der Athena Polias in die „Gärten“ der Aphrodite hinab und dann von hier wieder andere zur Burg hinauf.

Ein Fest der Tempelreinigung waren die Kallynterien, § 57
während an den Plynterien die Gewänder und das Schnitzbild der Göttin selbst zum Meere hinabgebracht und gewaschen wurden. Als Schutzgöttin des Ackerbaues feierte man A. auch durch heilige Pflügungen am Fuße der Burg zu Anfang der Saatzeit und besonders bei dem alten Erntefeste der Panathenäen vom 24. bis 29. Hekatombaion (Anfang August), das man seit Peisistratos in jedem 5. Jahre mit ganz besonderem Glanze beging. Ein Fackelwettlauf, Wettkämpfe von Musikern und Tänzern, Wettfahrten der Kriegsschiffe wurden dabei veranstaltet. Der Hauptfesttag fiel auf den 28., den Geburtstag der Göttin, an dem man ihr das neue, von den vornehmsten Frauen Athens gestickte Gewand (πέπλος) darbrachte. Dieses war während des feierlichen Aufzugs durch die Stadt wie ein Segel an einem die Gestalt eines Schiffs nachahmenden Wagen befestigt. Priester, Greise, Frauen und Jungfrauen und die ganze waffenfähige Mannschaft zogen unter Entfaltung der höchsten Pracht mit auf die Akropolis zum alten Tempel der Göttin hinauf. Die herrlichen Reliefs am Friese der Cella des Parthenon[1]) führen uns diesen Festzug noch heute vor Augen.

Ebenso alt und verbreitet wie diese Kultvorstellungen ist § 58
die Sage von Athenas Geburt aus dem Haupte des Zeus, das Hephaistos oder ein anderer Gott durch einen Beilschlag spaltet. Unter lautem Siegesruf springt sie vollgewaffnet daraus hervor. Es ist dies offenbar ein Bild der vom Blitz

[1]) Vergl. Sammlung Göschen Nr. 16. Griech. Altertumskunde. S. 196.

gespaltenen Gewitterwolke, wie A. in Kreta wirklich aus einer von Zeus gespaltenen Wolke entsprungen sein sollte.

§ 59 Auf diese ihre Naturbedeutung bezieht sich auch die Sage der ihr selbst ursprünglich sehr nahe stehenden Gorgō Medusa (die furchtbar blickende Fürsorgerin), der zwei unsterbliche Schwestern an die Seite gestellt werden. Schwarz wie die Gewitterwolke ist ihr Gewand, ihr Feuerblick versteinert, wie der Blitzschlag den Menschen betäubt oder tötet; ihr Gebrüll ist das Dröhnen des Donners; Flügel tragen sie durch die Lüfte dahin. Als der Medusa das Haupt abgeschnitten wird, springt aus ihrem Rumpfe der Riese Chrysāor (Goldschwert), der goldschimmernde Blitz, und das Flügelroß Pegasos, die Donnerwolke, hervor, durch dessen Hufschlag (Blitz) die alle Dichter begeisternde Musenquelle Hippokrēnē (Roßquelle) auf dem Helikon emporquillt. Nachdem es dem Bellerophōn gedient, trägt es im Himmel die Blitze des Zeus. Das Gorgonenhaupt führt Athena auf der Aigis, die ihr ebenso wie ihrem Vater Zeus zukommt.

§ 60 Als Erfinderin und Schützerin der Spinn- und Webekunst verwandelt sie die kunstreiche lydische Weberin Aráchne (Spinne), die sich mit ihr in einen Wettstreit einzulassen wagt, in eine Spinne. Nachdem sie aber einmal zur Erfinderin einer für einfache Verhältnisse sehr wichtigen Kunstfertigkeit geworden war, schrieb man ihr auch viele andere Erfindungen ähnlicher Art zu. Dies ist wahrscheinlich der Grund, warum sie sich gerade zur Göttin der Klugheit überhaupt und damit zur Schützerin der Wissenschaft entwickelt hat; bei Hesiod erscheint deshalb Mētis (die Klugheit) als ihre Mutter. Freilich mag hierauf auch die Vorstellung von ihrem, beim Menschen geistiges Leben bekundenden, hellleuchtenden Blick (γλαυκῶπις)[1]), der

[1]) Aus demselben Grunde ist die Eule ihr heiliger Vogel

ihr wohl eigentlich in Rücksicht auf den Blitz zukommt, und vielleicht auch diejenige von dem feurigen Wesen der Seele selbst mit eingewirkt haben, da aus dem gleichen Grunde die Gestaltung und Beseelung der Menschen den Schmiede- und Feuergöttern Promētheus und Hephaistos zugeschrieben wurde.

Ihr Idealbild in der Kunst ist von Pheidias geschaffen § 61
worden, der sowohl den Typus der sogenannten A. Prómachos in dem kolossalen, im Freien auf der Akropolis aufgestellten Erzbilde,[1]) als auch denjenigen der die Nikē (Sieg) auf der Rechten haltenden A. Parthĕnos (Jungfrau) in Gold und Elfenbein für das Parthenōn bildete. Immer erscheint sie streng und ernst, ruhig und mit dem Ausdruck klaren Verstandes, immer in langem Gewande, oft durch die über diesem getragene Aigis kenntlich gemacht.

Der in Athen mit Athena in Kult und Sage eng ver- § 62
bundene Hephaistos ist ein Gott des Feuers, der diesem seinem Elemente zuweilen ganz gleich gesetzt wurde. Er ist der Schutzherr der Schmiede und überhaupt aller Metallarbeiter, und ihre Zunft ist es offenbar, die ihn in dem gewerbfleißigen Athen zu großem Ansehen erhob. Aus dieser ist jedenfalls auch der Gau der Hephaistiaden, wo er ein Heiligtum besaß, hervorgegangen. Außer den § 56 erwähnten *Χαλκεῖα* feierte man ihm und Athena in Athen noch das Familienfest der Apaturien, ihm allein aber die *Ἡφαιστεῖα* mit einem Fackellauf in der Handwerkervorstadt, dem Kerameikos, wie das ähnlich auch anderwärts Sitte war. Auch flehte man ihn als Schützer vor Feuersbrunst an.

Seine zweite und vielleicht älteste Kultstätte ist Lemnos, § 63
wo das auf der Höhe des Berges Mosychlos brennende Erdfeuer die Veranlassung seiner allgemeinen Verehrung bildete.

[1]) Ausgeführt war es wahrscheinlich von einem seiner Schüler.

Dort gilt er nebenbei als Heilgott, hauptsächlich ist er aber auch hier Schmiedegott. Neben ihm steht sein Lehrmeister oder Geselle Kedalion; als man später seine Schmiede in die Vulkane Siciliens und der Liparischen Inseln verlegte, traten auch die Kyklopen als Gehilfen an seine Seite. Weil die Lahmen häufig das Schmiedehandwerk übten, dachte man sich den Gott desselben hinkend, mit gewaltigen Armen, aber schwachen Beinen versehen. Ueberhaupt wurde er völlig mit der Tracht und den Attributen dieses Handwerks ausgestattet und daher im kurzen Arbeitsgewand mit Hammer, Zange und Kappe dargestellt.

64 Die Sage erzählte, Hephaistos sei von Hera im Streite mit Zeus (d. h. im Gewitter) geboren, wegen seiner Lahmheit aber von seiner Mutter ins Meer herabgeworfen und hier von den Meergöttinnen Thetis und Eurynŏme gepflegt worden; oder Zeus selbst habe ihn, weil er im Streite seiner Mutter beistand, auf die Insel Lemnos hinuntergeschleudert. Beide Erzählungen schildern die Herabkunft des himmlischen Feuers auf die Erde, wie ja auch in Wirklichkeit die Flamme den Menschen zuerst als Blitzfeuer bekannt geworden sein dürfte. Von Dionysos in den Himmel zurückgeführt, fertigt er Waffen und Schmuck für die Götter. In Rücksicht auf die Auffassung der Liebe als einer flammenähnlichen Macht aber erscheint in der Ilias Charis, die Göttin der Anmut und des Frühlings, später stets die Liebesgöttin Aphrodite selbst als seine Gattin.

65 Zusammen mit Hephaistos wurde zu Athen neben Athena auch der ihm selbst sehr nahe verwandte Promētheus (Vorbedacht) verehrt. Er verkörpert insbesondere die Geschicklichkeit, Klugheit und List, die sich beim Handwerker naturgemäß entwickelt. So entwendet er dem Zeus das Feuer, um da-

mit als *πυρφόρος* die von ihm aus Thon gebildeten Menschen zu beleben und zu beschenken. Obwohl er früher ein Freund des Zeus gewesen, wird er zur Strafe dafür im Kaukasos an einen Felsen gefesselt und durch einen Adler, der ihm die Leber ausfrißt, gepeinigt. Hephaistos aber bildet Pandōra (die von allen Göttern Begabte), die erste Frau, durch die alle Uebel über die von Prometheus geschaffenen Menschen kommen.

Noch inniger als diese Götter ist Hestia (Herd), die Ver- § 66
treterin des Herdfeuers, mit ihrem Elemente vereinigt, daher sie im Kulte von diesem selbst überhaupt kaum unterschieden wird. Zwar nimmt sie an allen Opfern, bei denen Feuer nötig ist, teil, selten aber wird sie wirklich als langbekleidete und verschleierte Jungfrau mit Schale oder Scepter dargestellt.

IV. Apollon, Artemis und Hekate.

Apollon ist der nächst Zeus wohl am höchsten und § 67
an den zahlreichsten Orten verehrte griechische Gott; sein Machtbereich erstreckt sich nahezu auf alle Gebiete der Natur und des Menschenlebens. So weit wir zurücksehen, erscheint er als eine durchaus menschenartig vorgestellte, übermächtige sittliche Persönlichkeit, die, an keine Erscheinung der Natur gebunden, überall gleichmäßig wirksam ist. Wie der Ursprung seines Wesens, so ist auch der seiner Verehrung in Dunkel gehüllt, wenn auch einige Kultbräuche nach dem Tempethal in Thessalien hinweisen.

In erster Linie ist er Orakelgott; die angesehenste § 68
Stätte der Weissagung in ganz Griechenland ist sein Tempel zu Delphoi, der schon in der Ilias erwähnt wird. Aehnliche Kultstätten hatte er zu Didymoi bei Milet, Klaros bei Kolophon, Abai in Phokis und an vielen andern Orten. Der Name Klaros deutet darauf, daß hier einst Losorakel (dorisches

κλᾶρος = κλῆρος) erteilt wurden (§ 12). In Delphoi, das auch Pythó (Frageort) hieß, nahm dagegen die Pythia (die Vernehmende; vgl. ἐπυθόμην) genannte Priesterin, nachdem sie aus einer heiligen Quelle getrunken hatte, Lorbeerblätter kauend über einem Erdschlund auf einem Dreifuß Platz und stieß, wie es scheint, in einem rauschartigen Zustand, bedeutungsvolle Worte aus, die von einem neben ihr stehenden Priester gedeutet und zu einer Antwort umgeformt wurden. So berührt sich der Apollonkult nahe mit dem des Rauschgottes Dionysos, den man in Delphoi gleichfalls hoch verehrte.

69 Als Erreger der prophetischen Begeisterung wird Apollon zum Schutzherrn aller Seher und Sänger, besonders da seine Spruchorakel gewöhnlich in Versform abgefaßt waren. Er ist daher Führer der Musen und erhält die von Hermes erfundene Lyra als ständige Beigabe. Dagegen deutet der Umstand, daß das Orakel über dem Erdschlund erteilt wird, auf das einstige Vorhandensein eines Erd- oder Totenorakels an dieser Stelle; und dies wird durch die Sage bestätigt, nach der Apollon bei Besitzergreifung dieses Orts den Drachen Python, der später in Rücksicht auf Delphoi auch Delphyne genannt wird, getötet hat; denn diese Schlange ist als Verkörperung des einst hier befragten in der Erde wohnenden Totengeistes zu betrachten (§ 3). Das Festspiel der Pythien[1]) sah man später als Feier dieses Sieges an.

70 Ebenfalls in naher Beziehung zur Erde steht seine Eigenschaft als Schützer des Pflanzenwuchses auf den Weidetriften (Ἀ. νόμιος), der Viehzucht und des Ackerbaus. Er ist selbst Besitzer von Rinderherden, die ihm sein Bruder Hermes gleich nach seiner Geburt entführt, dann aber wieder zurückgeben muß. Aristaios (der beste Gott), der Vertreter des Land-

1) Vergl. Sammlung Göschen Nro. 16 Griechische Altertumskunde. S. 112. 172.

baus, der Vieh- und Bienenzucht, gilt als sein Sohn. In den am Fuß des Taygetosgebirges gelegenen Ortschaften und in dem nahen Sparta wurde er als *Κάρνειος* (Widdergott) verehrt, und ihm dort das Ernte- und Weinlesefest der Karneen gefeiert. Dieselbe Bedeutung haben in Athen die Thargelien, in Sparta die Hyakinthien und in Delos die Delien. Bei ersteren brachte man seinen Sitz, den heiligen Dreifuß, zeitweise von Delphoi in sein athenisches Pythion am Ilissos, und zwei Menschen (später Verbrecher) wurden als Sühnopfer geschlachtet.

In Amyklai und Sparta stand im Kult sein Liebling, § 71
der „Jüngling", Hyakinthos, neben ihm, den er beim Spiele aus Versehen durch einen Diskoswurf getötet haben sollte; ursprünglich wohl ein von ihm verdrängter Gott des Todes und der Fruchtbarkeit. Apollon galt aber überhaupt als Schützer der Jugend und ihrer Uebungen in der Ringschule (*Ἀ. ἐναγώνιος*); ja er wird zum Stammherrn (*πατρῷος, ἀρχηγέτης*) der gesamten jonischen Bevölkerung und leitet sie bei ihren Wanderungen nach den Kolonien. Andererseits war er auch Todesgott für Menschen und Tiere, wie er als furchtbarer Pestsender zu Anfang der Ilias geschildert wird. Seine Pfeile töten Hunde, Maultiere und Menschen, und wie ein geschickter Jäger verfehlt er nie seines Ziels, daher man ihn als Ferntreffer (*ἕκατος, ἑκάεργος, ἑκατηβόλος*) bezeichnet und sowohl als jeden Meineid furchtbar rächenden Schwurgott, wie als mächtigen Helfer in der Schlacht (*βοηδρόμιος*) betrachtet.

Wenn er jedoch den Tod sendet, kann er, sobald er durch § 72
Sühnungen und Opfer versöhnt ist, ihn auch abwehren. Daher ruft man ihn als Uebelabwehrer (*ἀλεξίκακος*), Retter (*σωτήρ*) und heilenden Arzt (*Παιάν, Παιών*) an, und der Götterarzt Asklepios gilt als sein Sohn. Er ist daher Hauptvertreter

aller Reinigung und Sühnung (Apollon καθάρσιος, Φοῖβος), da er Sicherheit vor Verfolgung durch zürnende Seelen zu gewähren vermag. Der Lorbeerzweig (δάφνη), mit dem man den zu Sühnenden abkehrt, und der Wolf, das Sinnbild des flüchtigen Mörders, dem er Schutz und Sühne bietet, werden ihm in dieser Auffassung beigegeben (Apollon λύκιος, λύκειος).

Als Retter und Schützer vor Gefahr und Tod zeigt sich Apollon auch auf dem Meere, daher er von den Schiffern viel verehrt und δελφίνιος genannt wurde, weil der Delphin die Schiffe auf hoher See bei gutem Wetter begleitet und deshalb für den Verkünder desselben und für einen Freund der Seefahrer galt. Ein solches Tier rettet nach der bekannten Sage den Arion, der vielleicht selbst als ein Vertreter des die Schiffer freundlich geleitenden Gottes zu betrachten ist.

§ 73 In Delos, dem zweiten Hauptkultort des Apollon, ist die Erzählung von seiner Geburt altheimisch. Er ist ein Sohn des Zeus und der Leto (lat. Latona), Zwillingsbruder der Artemis. Verfolgt von dem Haß der eifersüchtigen Hera hatte seine Mutter nach langem Umherirren endlich auf dieser Felseninsel, die bis dahin selbst unstät auf den Wogen umhergetrieben worden war, Aufnahme und Sicherheit gefunden. Bald nach seiner Geburt tötet er den Drachen Python (§ 69) in Delphoi und den seine Mutter verfolgenden Riesen Tityos mit seinen Pfeilen, ebenso wegen Beleidigung derselben die Söhne der Niobe (§ 125). Nach Delos senden die Hyperboreer, ein sagenhaftes Volk des ewigen Friedens, wie seine übrigen Verehrer, Festgesandtschaften und Geschenke. Apollon selbst aber bringt bei ihnen den Winter zu, bis er im Frühjahr wieder durch Gebete nach Delos und Delphoi zurückgerufen wird. — Diese Abwesenheit des Gottes während des

Winters ist in Verbindung mit dem Umstand, daß alle seine Feste in den Sommer fallen, der Hauptgrund für seine schon seit dem 5. Jahrhundert v. Chr. auftretende Deutung als Sonnengott, die mindestens für seine Auffassung als Delphinios und in Delos sehr ansprechend erscheint.

In der Kunst tritt uns Apollon als das Idealbild § 74
eines voll entwickelten, schlanken Jünglings, ohne Bart, mit langem, lockigem Haar entgegen. Gewöhnlich ist er nackt, nur ein Mäntelchen (Chlamys) ist über die Schulter oder den linken Arm geworfen; als Kennzeichen führt er Bogen und Köcher, wie dies wahrscheinlich auch bei der Statue des Belvedere der Fall gewesen ist. Eine Abart dieses Typus, der ruhende Apoll, der die Hand über den Kopf gelegt hat, geht wahrscheinlich auf Praxiteles zurück.

Als Musenführer wird er dagegen mit langem jonischem Gewande (Chiton), mit Lyra und Lorbeerkranz gebildet, eine Auffassung, die wenigstens in ihrer bewegteren Form Skopas oder ebenfalls Praxiteles geschaffen hat.

Artemis (dorisch und böotisch Ἄρταμις) ist eine besonders § 75
in der Peloponnes vom gesamten Volke viel verehrte Fruchtbarkeits- und Todesgöttin, die ursprünglich wohl der Kora-Persephone und Gaia nahe steht. Sie wird in der Peloponnes ebensowohl an den Fruchtbarkeit bedingenden Quellen, Flüssen und Sümpfen (Artemis λιμνᾶτις und ἑλεία) und auf den bebauten Fluren der Niederung wie in den üppigen Bergwäldern des Taygetos als Göttin des Erdsegens in Frühlingsfesten gefeiert, da sie nicht nur allem Pflanzenwuchs, sondern auch den jungen Tieren und Kindern Gedeihen giebt (Artemis παιδοτρόφος). Sie hegt das Wild und Herdenvieh, so daß die Hirschkuh, die auf Bildwerken neben ihr erscheint, sowie Ziege und Bock (Artemis κναγία) ihr heilig sind;

andererseits führt sie als hurtige Jägerin gewöhnlich Pfeil und Bogen, mit denen sie freilich auch den Frauen, besonders bei der Entbindung (Artemis *Εἰλειθυῖα*), den Tod zu senden vermag.

Der Todesgöttin wurden einst Menschenopfer dargebracht, wie dies die Iphigeniensage zeigt, und als Ersatz dafür geißelte man in Sparta zu Ehren der Artemis *ὀρθία* in späterer Zeit Knaben, bis sie bluteten, um dadurch der alten Blutforderung Genüge zu thun. Ebenso wie den Tod kann sie jedoch Rettung, Sieg und Ruhm im Kampfe verleihen, daher man sie als Artemis *σώτειρα* und *εὔκλεια* anrief. Im Kulte steht sie gewöhnlich allein, sie wird aber auch wechselnd mit anderen Spendern der Fruchtbarkeit, wie mit Zeus, Dionysos, Poseidon, Apollon Karneios, Pān, Demeter, Kora und Aphrodite verbunden.

Zuweilen trägt sie, wie die ihr nahe verwandte Hekate, eine Fackel in der Hand (Artemis *σελασφόρος*); vielleicht ist dies die Totenfackel, mit der sie die Verstorbenen als *Ἡγεμόνη* in die Unterwelt hinabführt; sie wird deshalb aber vielfach als Mondgöttin gedeutet, und hierfür spricht außerdem der Umstand, daß man sie gerade beim Erscheinen der neuen Mondsichel (Artemis *νουμηνία*) feierte. In dieser Auffassung ist sie die von den jonischen Seefahrern verehrte jungfräuliche Zwillingsschwester des Apollon, die Tochter des Zeus und der Leto (lateinisch Latona), die jede Verletzung der Keuschheit mit großer Härte bestraft. Den Jäger Aktaion, den Sohn des Aristaios, welcher sie und die sie begleitenden Nymphen zufällig im Bade überrascht, verwandelt sie in einen Hirsch, damit ihn seine eigenen Hunde zerreißen, und aus ähnlichem Grunde tötet sie den riesigen Jäger Orion, der als Sternbild an den Himmel versetzt wird.

Der Schützerin der Tiere des Waldes und des Feldes § 78
ist die als Allnährerin aufgefaßte vielbrüstige Göttin von Ephesos so ähnlich, daß auch sie als Artemis bezeichnet werden konnte, obwohl sie ursprünglich ebenso wie Rhea und Kybele nur eine örtlich umgebildete Form der großen mütterlichen Natur- und Kriegsgöttin Ma oder Ammas (Mutter) zu sein scheint, die von den indogermanischen Bewohnern Kleinasiens verehrt wurde.

Den als Jägerinnen die Artemis begleitenden Nymphen § 79
entsprachen im Dienste dieser asiatischen Göttin die ihr selbst offenbar ähnlichen Amazonen, die am Südufer des schwarzen Meeres, am Thermōdon und Iris in Pontus, wohnten. während Ma ebenda in Komāna am Iris ihren Hauptsitz hatte. Vielleicht ist aber ihre Sage dennoch erst aus Boiotien nach dieser Gegend übertragen worden, da sich ein Bach Thermōdon bei Tanagra, Amozonengräber und Lagerplätze sonst in Boiotien und den benachbarten Landschaften mehrfach bezeugt finden; auch galten die Amazonen als Töchter der thebanischen Gottheiten Ares und Harmonia. Sie kämpften als kühne Reiterinnen mit dem korinthischen Heros Bellerophon, dem böotisch-argivischen Herakles, dem troizenisch-attischen Theseus und dem in Thessalien, Boiotien, Korinth, Elis und Lakonien verehrten Achilleus. Die Kunst stellte sie dem entsprechend meist als kräftige, schöne Reiterinnen mit kurzem Gewand und dem auf den Seiten ausgeschnittenen Schild, häufig mit der Doppelaxt bewaffnet, dar. Pheidias und Polyklet bildeten auch Einzelstatuen einer von der Kampfesarbeit ermatteten Amazone. Ob ihrer Sage etwa die Erinnerung an einstige Weiberherrschaft bei den sie verehrenden Stämmen zu Grunde liegt, ist nicht bestimmt zu behaupten.

In Athen, Delos und Epidauros führte Artemis den § 80

Beinamen Ἑκάτη, die Ferntrefferin, und so steht ihr auch die selbständig entwickelte Hekäte, die Tochter des Titanen Perses (der Glänzende) und der Asterie (Sternenjungfrau), ihrem Wesen nach offenbar sehr nahe. Hekate wurde hauptsächlich in Karien und den angrenzenden Landschaften Kleinasiens verehrt. Im eigentlichen Griechenland findet sich wirklicher Kult nur auf der Ostküste; besonders feierte man sie auf Aigina durch einen Geheimkult (Mysterien). Sie wurde dort als Helferin gegen Wahnsinn angerufen, den sie als Herrin der ihn veranlassenden Totengeister vertreiben wie senden kann. Wo sich eine Seele bei der Geburt mit dem Leib verbindet, ist sie nahe; ebenso wenn sie daraus scheidet, beim Tod und Leichenbegängnis. Sie weilt deshalb an den Gräbern, wohnt aber auch im Herde, da neben diesem einst der Hausherr bestattet zu werden pflegte. Sie erscheint selbst in gespenstischer Gestalt in mondscheinheller Nacht auf den Kreuzwegen (Hekate τριοδῖτις, Trivia), begleitet von ihrem Schwarm, der Schar der ruhelosen Seelen, und ihren Hunden, die ebenfalls als Seelenwesen zu betrachten sind (§ 20). Um Hekate zu beruhigen und abzuwehren, stellte man ihr am Ende jedes Monats an den Kreuzwegen die Ueberreste von Reinigungsopfern hin, wie man am Ende des Jahres die Totenseelen durch Speiseopfer beschwichtigte.

§ 81 Sie ist die Gottheit der Geisterbeschwörung und überhaupt alles Zaubers; daher wird sie zur Mutter der Zauberinnen Kirke und Medeia (die weise Frau). Da der Mond seine Gestalt zu verwandeln vermag, was bei jedem Zauber eine hervorragende Rolle spielt, und aller Geister- und Zauberspuk der Nacht angehört, so tritt sie auch zu seiner Verkörperung Selene in nächste Beziehung. In älterer Zeit wurde sie eingestaltig, voll bekleidet und mit zwei brennenden

Fackeln in den Händen dargestellt; Alkamenes aber bildete sie (gegen Ende des 5. Jahrhunderts v. Chr.) für den Eingang der athenischen Burg dreigestaltig (τριπρόσωπος, triformis), wobei er die drei Gestalten so mit dem Rücken gegeneinander stellte, daß stets eine derselben wie der zunehmende Mond nach links, die andere wie der abnehmende nach rechts blickt, die zwischen ihnen stehende aber wie der Vollmond das volle Antlitz dem Beschauer zukehrt. Die beigegebene Schale und Kanne deuten vielleicht auf die den Toten dargebrachten Trankopfer.

V. Hermes, die Satyrn und Pan.

Das gebirgige und rings von hohen Bergketten einge- § 82
schlossene Arkadien war seit Urzeiten (wie noch heute) fast ausschließlich von Hirten bewohnt, die sich um nichts mehr als um das Wohlergehen ihrer Herden kümmerten. Darum verehrten sie auch in erster Linie die Gottheiten, welche ihren Schafen und Ziegen Nahrung und Gedeihen spendeten und ihre Vermehrung förderten. Hermes, der selbst den Beinamen Arkas, d. h. der Arkader, führt, ist dort zu Hause. In einer Höhle des Berges Kyllēne, auf dessen Gipfel er seit ältester Zeit eine Kultstätte besaß, sollte er geboren sein, vielleicht eine Erinnerung daran, daß auch er einst zu den Göttern der Erdtiefe (§ 4) gehört hatte. In den rings um den Berg gelegenen Ortschaften, besonders in Pheneos und Stymphalos wurden ihm zu Ehren Feste mit Wettkämpfen begangen, daher er als Schützer derselben (Hermes ἀγώνιος, ἐναγώνιος) erschien und in allen Rennbahnen und Ringschulen Anbetung fand. Ja er entwickelte sich selbst zum Musterbild des gewandten (εὔκολος, διάκτορος?) Schülers

der Palästra und damit auch zum Verleiher der Anmut (Hermes χαριδώτης).

§ 83 An jenen alten Kultstätten stellte man ihn aber doch immer hauptsächlich als guten Hirten mit dem Widder unter dem Arme (κριοφόρος) vor, und so ist er in Bildwerken mehrfach erhalten; wie er aber die Herde und die verlorenen Schafe heimgeleitet, so führt er als Ἑ. ἐνόδιος, ὅδιος ἡγεμόνιος auch die Wanderer auf unbekannten Wegen. Steinhaufen mit Säulen darin, die als Wegweiser dienten, waren ihm daher heilig, so daß letztere oft mit einem, an Kreuzwegen sogar mit drei oder vier Hermesköpfen verziert und Hermen (ἑρμαῖα) genannt wurden.

§ 84 Da in alter Zeit aller Reichtum in Herden bestand und das Vieh auch geradezu als Tauschwert diente (vgl. pecunia), entwickelte sich der Hermes νόμιος und ἐπιμήλιος zum Verleiher des Wohlstandes und des Glückes überhaupt. So erscheint er schon in dem der Kyllene benachbarten Sikyon und ebenso in Athen, Sparta und vielen anderen Städten als Schützer des Marktverkehrs (Ἑ. ἀγοραῖος, ἐμπολαῖος) und wird damit zum Gott der Kaufleute, die seine Verehrung überallhin verbreiteten und ihn auch nach Rom brachten; hier hat man ihn mit dem altrömischen Warengeist Mercurius verschmolzen.

§ 85 In dieser Auffassung führt er später den Geldbeutel als Abzeichen. Als Hirtengott trägt er dagegen ursprünglich den Hakenstock zum Einfangen des Weideviehs, der aber zugleich als Wanderstab benutzt wird. Wanderer und Kaufleute sind nun bei noch unentwickeltem Verkehr die natürlichen Boten und Herolde, daher der Hirtenstock in den Heroldsstab (κηρύκειον, lat. caduceus) übergeht. Mit der Umwandlung des Hermes zum Glücksgott wird derselbe endlich zugleich zur zauberkräftigen (schatzhebenden), glückverleihenden Wünschelrute und dann als verschlungener Gabelzweig oder als Schlangenstab gebildet. Als Wanderer trägt Hermes den Reisehut (*πέτασος*), der zur Andeutung seiner Schnelligkeit gleich seinen Schuhen gewöhnlich mit Flügeln versehen wird.

Wie die Hirten gelegentlich fremde Herden raubten, so § 86
entführte Hermes schon am Abend nach seiner Geburt von einer Wiese am Fuße des Olympos die 50 weißen, goldgehörnten Rinder der Götter, verwischte listig ihre Spuren und verbarg sie in einer Höhle; so gilt er selbst als Schutzherr der Diebe und als Vorbild ihrer List und Verschlagenheit (*Ἑ. δόλιος*). In dieser Hinsicht erzählte man, er habe dem Apollon seine Pfeile und im Auftrage des Zeus dem Wächter Argos die in eine Kuh verwandelte Jo (§ 126) entführt, wobei wieder der Rinderraub seitens der Hirten das Vorbild war. Ihrem Gotte schrieb man ferner die Erfindung der Hirtenpfeife (*αὐλός, σῦριγξ*) und im Anschluß daran die der Lyra zu.

Als Geleiter auf unbekanntem Wege (*Ἑ. πομπός*, § 87
πομπαῖος) wird Hermes zum Führer der abgeschiedenen Seelen auf ihrer Wanderung in die Unterwelt (*Ἑ. ψυχοπομπός*), so wie der ihnen verwandten Traumbilder (*ἡγήτωρ ὀνείρων*), hie und da wird er aber selbst auch noch als unterirdischer Gott (*Ἑ. χθόνιος*) verehrt, daher er wohl schon seinem ursprünglichen Wesen nach einst ein Seelen beherrschender Gott (s. o.) gewesen sein mag.

Bei seiner Einordnung in den Kreis der olympischen Götter § 88
machte man ihn zum Sohne des Göttervaters Zeus und der Nymphe des Kyllēnegebirges *Μαῖα* (Mutter), sowie seinem sonstigen Wesen entsprechend zum Götterboten, welche Eigenschaft in den jüngeren Teilen der Ilias bereits in den Vordergrund tritt.

Von der älteren Kunst wird er gewöhnlich als reifer Mann mit Spitzbart dargestellt, in Werken jonischen Ursprungs aber auch schon oft als Jüngling aufgefaßt. Später ist dies die regelmäßige Bildung; er ist dann nur mit einer Chlamys bekleidet oder ganz nackt, wie er auch in der in Olympia ausgegrabenen herrlichen Statue des Praxiteles erscheint. Das Kind auf seinem Arm ist der junge Dionysos, welchen er den Nymphen zur Pflege überbringt.

§ 89 Dem Hirtengott Hermes gesellt sich sein Sohn, der gleichfalls arkadische Pān, und die diesem nahe verwandten, von den zugleich Viehzucht und Weinbau treibenden argivischen Bauern verehrten Satyrn. Jene verliehen auch den koboldartigen Geistern der Erdfruchtbarkeit die Gestalt des Bockes, weil dieser ihnen als das hauptsächlich befruchtende Tier erscheinen mußte. Beim Uebergang zu menschlicher Bildung behielten die Satyrn von dieser Vorstufe her die Bocksohren und das Schwänzchen als ihr Wesen kennzeichnendes Merkmal ebenso wie ihre Beziehung zum Weine bei.

§ 90 Da nun Pān (der Weidende) gleich jenen in Bocksgestalt vorgestellt wird, so dürfte er wohl nur als die von den arkadischen Hirten nach ihrem eignen Bilde zu einem göttlichen Hirten umgestaltete Form eben dieser Befruchtungsdämonen aufzufassen sein. Vor allem bewirkt er deshalb Fruchtbarkeit und Gedeihen der Herden; wie die Hirten selbst aber wohnt er im Sommer in den Felsenhöhlen des Gebirges und steigt im Winter mit ihnen in die Ebene herab; in der heißen Mittagszeit ruht er, am Abend bläst er die Hirtenflöte (Syrinx), als Nebengeschäfte betreibt er Jagd, Fischfang und das Kriegshandwerk. Er ist es jedoch auch, der den Herden und deshalb ebenso den Heeren den plötzlichen, zu sinnloser Flucht fortreißenden (panischen) Schrecken einjagt. Die Mondgöttin

Selene liebt er wahrscheinlich darum, weil Mondschein den Herden eine günstige, taufrische Weide gewährt.

Von Arkadien aus, wo er neben Hermes nahezu die erste Stelle einnahm, verbreitete sich seine Verehrung über Argolis nach Athen, an den Parnassos und bis nach Thessalien. Wegen seiner Wesensverwandtschaft ist er später, wahrscheinlich im Anschluß an die den Weinbau schützenden Satyrn, in die Begleitung des Dionysos gekommen. Die Philosophen machten ihn zuletzt durch Umdeutung seines Namens (*τὸ πᾶν* = das All) und durch Gleichsetzung mit dem bocksgestaltigen großen Gott von Mendes in Aegypten zum großen, allgewaltigen Herrscher und Lebensgeist der gesamten Natur, bei dessen Tod alles Leben in dieser selbst erstirbt. — Man stellte ihn bärtig, mit Beinen, Schwanz, Ohren und Hörnern eines Bockes, oft aber auch menschlich und nur durch tierischen Gesichtsausdruck gekennzeichnet dar.

VI. Poseidon und sein Kreis.

Die meisten Gottheiten des Wassers sind immer § 91
mit ihrem Element in engster Verbindung geblieben; nur einzelne von ihnen, insbesondere der Meerbeherrscher Poseidon und die Seilēne, sind unter dem Einfluß des Kultus, der Sage und Kunst zu reicher ausgestalteten Persönlichkeiten entwickelt worden.

Eine reine Personifikation des die Erde wie ein Strom umfließenden Weltmeeres selbst ist Okéănos, aus dem nicht nur Quellen, Flüsse und Meere, sondern — in Uebereinstimmung mit der durch die inselartige Lage Griechenlands hervorgerufenen physikalischen Auffassung der ältesten Philosophen — auch alle anderen Dinge und selbst die Götter hervorgehen, so daß er als väterlicher Greis vorgestellt wird.

Er lebt mit seiner Gattin Tēthys (Amme, Großmutter) am Westrande der Erde, ohne die Versammlung der Götter zu besuchen. Etwas schärfer ist schon der ihm ähnliche Ἅλιος γέρων (Meergreis) gezeichnet, der tief im Meer in einer Grotte wohnt und nicht nur alle Geheimnisse seines Elementes kennt, sondern wie die Meergötter der Babylonier und Germanen[1]) überhaupt unergründliche Weisheit besitzt. Wer ihn aber befragen will, muß ihn erst im Ringkampf überwältigen und, trotz seiner Fähigkeit, wie das Wasser selbst verschiedene Gestalten anzunehmen, zwingen, ihm sein Wissen mitzuteilen.

Von ihm haben sich, an verschiedenen Orten verschieden benannt, die Meergötter Nēreus (der Fließende), Prōteus (der Erstgeborene), Phorkys so wie Trīton (der Strömende) und Glaukos (der Glänzende) losgelöst. Die drei ersten werden in menschlicher Gestalt vorgestellt, Nereus und Proteus besitzen die Gabe der Weissagung und Selbstverwandlung, während Phorkys mit seiner Gattin Kētó (Meerungeheuer) die Meeres- und anderen Ungeheuer beherrscht. Dagegen gestaltete man den Halios Geron, Triton und Glaukos, wahrscheinlich im Anschluß an babylonisch-assyrische, durch die Phoiniker und die Jonier nach Griechenland gelangte Vorbilder dieses Meergotttypus, auch später noch stets als Mischwesen, bei denen sich an den Oberkörper eines Menschen ein Fischleib ansetzte, eine Bildung, die sich ebenso wie die der Flußgötter, Kentauren und Satyrn entwickelt hat.

§ 92 Diesen niederen Meergöttern zur Seite stehen als Vertreterinnen der freundlichen im Meere thätigen Mächte, oder sinnlicher gefaßt, als Verkörperungen der spielenden, schmeichelnden Wellen, die in der Gestalt schöner Mädchen vorgestellten Nereïden, d. h. die Töchter des Nereus, unter denen Amphitrite

---

[1]) Vgl. Sammlung Göschen Nr. 15 Deutsche Mythologie S. 39 ff.

(die ringsum Strömende), die Gattin Poseidons, Thĕtis, die Mutter Achills, und Galáteia (die Milchweiße), die spröde Geliebte des Kyklopen Polyphēmos, besonders hervortreten.

Verwandt ist ihnen Ino-Leukothéa, welche man als Retterin in Meeresnot anrief, denn die Nereïden werden selbst auch Leukothéai (weiße Göttinnen) genannt. Andererseits ist diese freilich zu einer Nebenform der auf dem Meere mächtigen Aphrodite-Astarte geworden, wie sich ihr Sohn Melikertes aus dem Sonnen- und Stadtgott Melqart von Tyros entwickelt hat.

Ebenso wie dieser wurde er als Schirmherr der Seefahrer verehrt, dennoch aber als Kind, auf dem Arme seiner Mutter, die sich mit ihm im Wahnsinn ins Meer gestürzt haben sollte, oder auf einem Delphin stehend dargestellt. Sein Beiname Palaimon (Ringer) deutet auf seine Beteiligung bei der Feier der isthmischen Spiele. In der Nähe von Korinth, welches ein alter Handelsplatz der Phoiniker gewesen war, hatte er ein Heiligtum.

Die verderbliche Gewalt der im Meere drohenden Ge- § 93
fahren versinnlichte man dagegen in den Ungeheuern Skylla und Charybdis. Erstere erscheint als Mädchen, aus dessen Leib sechs die Ruderer aus den Schiffen herausreißende lange Hälse mit Hundeköpfen hervorwachsen; die Charybdis aber bezeichnet Homer nur allgemein als ein dreimal täglich die Meeresflut einschlürfendes Ungeheuer. Beide lokalisierte man später in der Meerenge von Messina, doch haben sie vielleicht ursprünglich ihren Sitz bei dem Skylläischen Vorgebirge an der Ostküste von Argolis gehabt. Der Skyllasage mag ein Schiffermärchen von dem Kraken, dem bisweilen zu gewaltiger

Größe heranwachsenden Meerpolypen, zu Grunde liegen; die Charybdis ist offenbar nichts als ein gefährlicher Strudel.

§ 94 Weit höherer Natur als alle diese Wesen ist der Beherrscher des Meeres und damit aller Gewässer überhaupt Poseidon, der Bruder des Zeus und des Hades. Als Zeichen seiner Macht und als Waffe, mit der er Felsen spalten und Thäler in Gebirge einschneiden kann, führt er den Dreizack, eigentlich eine Art Harpune, die von den Fischern beim Delphin- oder Thunfischstechen gebraucht wurde. Er ist Nationalgott der hauptsächlich Fischfang und Schiffahrt treibenden Jonier, wie sein Sohn Theseus ihr Nationalheld ist; seine Verehrung ist jedoch älter als die des letzteren, da sie schon bei der jonischen Wanderung mit nach Asien gelangt ist, wo ihm am Vorgebirge Mykale die Panionien als Vereinigungsfest der gesamten jonischen Kolonien gefeiert wurden. Im Mutterlande entsprechen diesen die von Sisyphos und Thēseus gestifteten Spiele auf dem Isthmos von Korinth, die ursprünglich ebenso rein jonisch waren wie die alte Amphiktyonie (Opfervereinigung) des Poseidon von Kalauria bei Troizen. Doch auch rings um die ganze Peloponnes und an anderen Küsten finden sich seine Heiligtümer verstreut, bei Aigai in Achaja aber sollte er in einem goldenen Palaste in der Tiefe des Meeres mit seiner Gattin Amphitrite zusammen seine Wohnstätte haben.

§ 95 Wie von Okeanos alle Quellen und Flüsse ausgehen, so ist Poseidon Beherrscher derselben, offenbar deshalb, weil man meinte, sie ständen mit dem das ganze Land umfassenden oder tragenden (γαιήοχος) und durchdringenden Meere unterirdisch in Verbindung; die Erdbeben betrachtete man als eine Folge der Bewegung dieser unterirdischen Gewässer und bezeichnete deshalb P. als Erderschütterer (ἐννοσίγαιος). So wird er vielfach auch im Innern des Landes, an Stellen, wo Binnenseen, reißende Flüsse oder Erdbeben seine Macht bethätigen, wie dies in Böotien, Thessalien und Lakonien der Fall war, verehrt.

Da er jedoch auf diese Weise auch die von Quellen und Flüssen ausgehende befruchtende Feuchtigkeit vertritt, wird er selbst zum Schützer des Pflanzenwuchses (φυτάλμιος) und deshalb mit Demēter, Artemis und Athena verbunden.

Sein gewöhnliches Opfertier und Symbol ist das Roß, § 96
das Bild der stürmenden Woge, so daß er auch in einem von dunklen, goldmähnigen Rossen gezogenen Wagen über das Meer dahinfährt, wenn er Wellen und Winden gebietet. Bei Erdbeben meinte man dagegen wohl das Rollen seines unter dem Erdboden fortstürmenden Wagens zu vernehmen, daher er auch zur Unterwelt in Beziehung tritt. So hat er Areion, das Schlachtroß des Adrastos, selbst in Roßgestalt (P. Hippios) mit einer Erinys oder Harpyie gezeugt oder durch einen Stoß seines Dreizacks aus einem Felsen hervorspringen lassen, wie er im Wettstreit mit Athena auf dem Burgfelsen von Athen ebenso eine Salzquelle hervorruft.

Neben dem Pferd ist dem P. der die wilde Kraft der Woge versinnlichende Stier und im Gegensatz dazu der Delphin, der hauptsächlich bei ruhigem Meere erscheint, geheiligt und lieb. — Die Kunst bildete P. dem Zeus ähnlich, nur zeigte sich in seinen Zügen weniger die erhabene Ruhe als die gewaltige Kraft, die seine wesentlichste Eigenschaft ausmacht. Zugleich benutzt sie aber den Typus des wetterverzehrten Seemanns; das Auge sieht in die Ferne, Bart und Haar sind vom Sturme zerzaust. Oft wird er auch mit hoch aufgesetztem Fuß, wie Fischer und Schiffer zu stehen pflegen, in älterer Zeit voll bekleidet, später mit entblößtem Oberkörper dargestellt.

§ 97 Wie die Meereswogen, so haben diejenigen reißender Flüsse durch ihre unbändige Gewalt und ihr dem Gebrüll ähnliches Tosen die Vorstellung hervorgerufen, daß in solchen Flüssen ein gewaltiger Stier thätig sei. Deshalb bildete man in älterer Zeit die Flußgötter als Stiere mit menschlichem Antlitz; aber schon bei Homer erscheinen sie in völlig menschlicher Gestalt, und auch die jüngere Kunst deutet ihr Wesen nur noch selten durch kleine Stierhörner an, während sie sie gewöhnlich durch Beigabe einer Urne kenntlich macht. Die angesehensten von ihnen sind Achelōos, der Gegner des Herakles, und Alpheios, der Geliebte der Quellnymphe Arethūsa, die vor seinem Werben durchs Meer bis auf die Halbinsel Ortygia bei Syrakus geflüchtet ist. Die schönste sicher bestimmbare Statue eines Flußgottes ist die des Nil im Vatikan.

§ 98 Die Seilēne sind jonisch-phrygische Fluß- und Quellgötter, deren Körper ursprünglich (ebenso wie der der Kentauren) aus Menschen- und Pferdeleib zusammengesetzt war. Als ihr Hauptvertreter erscheint der Silen Marsyas, der Gott des in Kelainai in Phrygien entspringenden Flusses. Er sollte als Erfinder des phrygischen Flötenspiels den Lyra spielenden Apollon zu einem Wettstreit aufgefordert haben und, von ihm besiegt, zur Strafe für seinen Uebermut lebendig geschunden, seine aufgeblasene Haut aber bei seiner Quelle in Kelainai aufgehängt worden sein. Da Schläuche jedoch als Wasserbehälter dienten, so ist ihm ein solcher vielleicht ebenso, wie den Flußgöttern die Urne, ursprünglich nur zur Kennzeichnung seines Wesens beigegeben worden, und die Erzählung vom Wettstreit somit als jüngere, dieses Attribut erklärende Erfindung zu betrachten.

In Athen sind die den Dionysos begleitenden Seilene mit den peloponnesischen bocksgestaltigen Satyrn vermischt worden, welche man etwa zur Zeit des Peisistratos für die Festgesänge und Tänze der großen Dionysien aus Korinth eingeführt hatte.

Die belebende Kraft des Wassers ist vor allem in den § 99
Nymphen zum sinnlichen Ausdruck gekommen, die als junge, leichtbekleidete Mädchen oder Frauen gebildet überall da auftreten, wo Wasser diese Wirkung äußert. Am unmittelbarsten ist dies an den seit ältester Zeit als Kultstätten dienenden Quellen selbst der Fall, deren Vertreterinnen, die Najáden, durch Muscheln oder andere Schöpfgefäße genauer bezeichnet werden; demnächst aber überall, wo Wasserreichtum üppigen Pflanzenwuchs hervorruft, weshalb in den Wäldern und Triften der Berge die Oreáden ihren Wohnsitz erhielten. Insbesondere erklärte man sich auch die im einzelnen Baume wirkende Lebenskraft als die Thätigkeit einer seelenartig in und mit ihm zusammenlebenden Nymphe, die man als Dryáde (Baumnymphe) oder Hamadryáde (die mit dem Baum Verbundene) bezeichnete. Demnach lebt die Nymphe nur so lange, als in dem Gegenstand, dessen Lebenskraft sie vertritt, diese selbst wirksam ist. Wenn die Quelle versiegt, wenn der Baum verdorrt, stirbt auch die Nymphe.

VII. Vertreter der Himmelskörper und andere Naturgottheiten.

Die göttlichen Vertreter der Himmelskörper Sonne und § 100
Mond, Helios und Selene, wurden überall täglich bei Aufgang und Untergang des Gestirns durch Gebet und Gruß

geehrt, der eigentliche Opferdienst derselben war dagegen meist nur sehr bescheiden; bedeutender war das Ansehen des Helios in Korinth und besonders auf der Insel Rhodos, wo ihm ein glänzendes Fest, die Helieia, gefeiert wurde. Ebenda errichtete man ihm am Eingange des Hafens um 280 v. Chr. die von Chares von Lindos gefertigte Erzstatue, die als Koloß von Rhodos berühmt war. Wegen der scheinbaren Bewegung der Sonne meinte man, Helios fahre auf einem glänzenden, von vier schnellen Rossen gezogenen Wagen am Himmel dahin; ihn selbst aber bildete man als blühenden Jüngling mit einem Strahlenkranz auf dem langlockigen Haupte. Mit der Meergöttin Klymĕne erzeugt er Phaëthon (der Leuchtende), welcher bei dem Versuch, an seines Vaters Stelle einen Tag den Sonnenwagen zu lenken, umkommt. Auf der Insel Thrinakia weiden seine unverletzlichen, milchweißen Rinder- und Schafherden. Das sich stets der Sonne zuwendende Heliotrop hielt man für seine in die Blume verwandelte Geliebte Klytia.

§ 101 Ebenso wie Helios tritt auch Selene im Kulte ganz in den Hintergrund; zuweilen wird sie dabei mit ihm verbunden, und zwar dankt man ihr wie der Eos hauptsächlich für die Spende des wachstumfördernden Nachttaus. In der Sage ist ihr Gatte oder Geliebter Endymion, wahrscheinlich der in seine Höhle eingegangene (ἐνδύω), d. h. der untergegangene Sonnengott, mit dem sich die Mondgöttin in der Neumondnacht vereinigt. Nach eleïscher Auffassung gebiert sie von ihm 50 Töchter, die Vertreterinnen der 50 Monate des olympischen Festcyklus[1]); nach karischer Sage schläft dagegen der Jäger oder Hirte Endymion in einer Grotte des Latmosgebirges, und Selene naht ihm verstohlen, um den schönen Schläfer zu küssen.

[1]) Vgl. Sammlung Göschen Nr. 16. Griechische Altertumskunde S. 172.

Von den Gestirnen treten in älterer Zeit nur wenige § 102
als mythische Gestalten hervor. Der Morgenstern, Heosphoros oder Phōsphŏros (Lichtbringer, lat. Lucifer) wird als fackeltragender Knabe, das glänzende Sternbild Orīon als riesiger Jäger mit erhobener Keule vorgestellt. Letzterer wird von Eos geraubt und von Artemis getötet. Sein Hund ist Seirios (der Glänzende), der hellste Fixstern, bei dessen Frühaufgang die heißeste Zeit des Jahres, die Hundstage, eintreten. Nach Orion schaut sich die Bärin ängstlich um, und die Regengöttinnen, die Sterngruppe der Pleïaden, flüchten vor seinen Nachstellungen.

Später wurden nach dem Vorgang der Babylonier alle einzelnen Haufen von heller leuchtenden Sternen als Bilder vorgestellt und durch Verwandlungssagen mit den älteren mythischen Gestalten in Beziehung gesetzt.

Unter den Lichtgottheiten anderer Art nimmt Eos (die § 103
Morgenröte, lat. Aurora), die Schwester des Helios und der Selene, die erste Stelle ein. Als Spenderin des Morgentaus trägt sie Krüge in den Händen; der Glanz der Erscheinung verleiht ihr ein safrangelbes Gewand, rosig strahlende Arme und Finger und glänzend weiße Flügel, wegen ihrer Schnelligkeit aber wird sie häufig auch auf einem Wagen fahrend vorgestellt. Ihr Gemahl ist Tithōnos, ein Bruder des Priamos; ihr Sohn Memnon wird von Achilleus getötet. Wie den Orion hat sie den Tithōnos als schönen Jüngling geraubt und von Zeus Unsterblichkeit, nicht aber ewige Jugend für ihn erbeten, daher er neben ihr dahinwelkt und als altersschwacher Greis ein elendes Dasein führt, bis er (nach später Sage) in eine Cikade verwandelt wird.

Die Schnelligkeit, mit welcher der Regenbogen sich vom Himmel bis zur Erde herabspannt, macht Iris, die Vertreterin desselben, zur Götterbotin, so daß ihr große Flügel, ein kurzes, regenbogenfarbiges Gewand und der Heroldsstab (κηρύκειον) zukommen. In den älteren Teilen der Ilias ist sie die Botin des Zeus, später tritt bei diesem Hermes an ihre Stelle, während sie selbst nunmehr der Hera dient. Da aber der Regenbogen als Vorbote von Regenwetter galt, wurde sie mit Zéphyros, dem Regenwind, vermählt.

§ 104 Die Windgötter dachte man sich in ältester Zeit, ähnlich den oben § 21 besprochenen Harpyien, die sie oft als Feinde oder als Liebhaber verfolgen, in Roßgestalt, später als weit ausschreitende, bärtige Männer mit Flügeln an den Schultern und oft auch an den Füßen. Zuweilen werden sie mit doppeltem, nach vorn und hinten schauendem Angesicht gebildet, was wohl auf den Wechsel in der Richtung des Windes Bezug hat. Unterschieden werden in älterer Zeit nur Boréas (Nord), Zéphyros (West), Nŏtos (Süd) und etwas später auch Euros (Ost), die als Söhne des Astraios (Sternenhimmel) und der Eos (Morgenröte) gelten. Wie die Harpyien sind sie räuberischer Natur, insbesondere entführt Boréas die schöne Oreithyia, die Tochter des Erechtheus, vom Ufer des Ilissos, vielleicht ein Bild des vom Winde entführten Morgennebels. Ihr Herrscher ist Aiŏlos (der Schnelle), der auf einer schwimmenden Insel im fernen Westen wohnt und die Winde in einer Höhle (der Wolkenhöhle) eingeschlossen hält.

VIII. Ares und Aphrodite.

§ 105 Ares (vgl. ἀρείων, ἄριστος, ἀρετή, ἀρήγω) ist ursprünglich der Hauptgott thrakischer in Thessalien, Boiotien und Phokis eingedrungener Stämme und zwar wahrscheinlich ein dem Hades ähnlicher, in der Erdtiefe wohnender Todesgott, dem in seiner Heimat Menschenopfer dargebracht wurden. Dem Wesen seiner Verehrer entsprechend, hat er sich zum wildstürmenden Kriegsgott entwickelt, und ausschließlich als solcher hat er in Griechenland Eingang gefunden. Aus seinem alten und, wie es scheint, auf wilden Kampfruf bezüglichen Beinamen Enyálios ist seine Begleiterin, die mordende Kriegsgöttin Enyō (lat. Bellōna), hervorgegangen, wie dann auch Deimos und Phóbos, Eris, die Göttin des Streites (lat. Discordia), und die als schwarze Frauen in blutigem Gewande vorgestellten, den Tod in der Schlacht veranlassenden Kēren, die eigentlich selbst als Seelen Verstorbener zu betrachten sind, mit ihm verbunden werden. Er vertritt aber nur die Macht des roh gewaltthätigen Krieges, so daß er der Athena und ihren Schützlingen gegenüber zurückweichen muß.

In Griechenland gilt Ares als der Sohn des Zeus und § 103 der Hera, und in Theben, dem bedeutendsten Sitze seiner Verehrung, ist Aphrodite seine Gemahlin. Diese ist aber erst an Stelle der Erinys Tilphossa, der Toten- und Quellgöttin getreten, mit welcher Ares den nahe der späteren Stadt in einer Höhle bei einer Quelle hausenden Drachen (sein eigenes Abbild) zeugte. Das jüngere Epos verbindet Aphrodite dagegen nach wahrscheinlich lemnischer Anschauung ehelich mit Hephaistos und macht Ares zu ihrem Geliebten. In Athen, wo dieser auf dem Areios págos (Areshügel) als Gott der Mordsühne und des Blutgerichts gefeiert wurde, stand die Taunymphe Aglauros an ihrer Stelle.

Die Kunst stellt Ares als jugendlich kräftigen Mann, in älterer Zeit bärtig und voll gerüstet, später bartlos und nur mit Helm und Chlamys bekleidet dar. Sein Symbol ist der Speer, im Kultus aber auch die Brandfackel, welche wahrscheinlich die durch den Krieg angerichtete Verheerung andeutet.

§ 107 Aphrodite ist in Griechenland vor allem die Göttin der Liebe und der zur Liebe reizenden Schönheit. Als sie bei Homer wegen ihres unkriegerischen Wesens von ihrer Schwester Athena verspottet wird, nimmt sie Zeus selbst sanft lächelnd in Schutz, indem er erklärt:

„Nicht Dir wurden verliehn, mein Töchterchen, Werke des Krieges;
„Ordne du lieber hinfort anmutige Werke der Hochzeit!"

Daher gilt Erōs, das personifizierte Liebesverlangen, als ihr steter Begleiter und nach späterer Vorstellung sogar als ihr Sohn. In ihrem Gefolge befinden sich Peithō, die Ueberredung, und die Chariten, denen sie auch sonst sehr nahe steht, da in der Ilias Charis Gattin des Hephaistos ist, während nach der Odyssee Aphrodite selbst diese Stelle einnimmt. Ihre Eltern sind Zeus und Dione, wie die Vertreterin der Jugendblüte, Hebe, Tochter des Zeus und der Hera ist. In Theben wird sie mit dem Kriegs- und Todesgott Ares verbunden, mit dem sie auch bei Homer in Beziehung tritt. Als ihre Kinder gelten die der Aphrodite selbst in ihrer Auffassung als Pándēmos (das Volk vereinigende Liebe) verwandte Harmŏnia (Vereinigung) und die Begleiter des Kriegsgottes: Deimos, der Schrecken, und Phŏbos, die Furcht.

§ 108 Diese auf Spekulation beruhenden Verbindungen sowohl, wie das Eintreten für andere Göttinnen deuten darauf hin, daß Aphrodite in Griechenland nicht heimisch ist. Da sie nun schon bei Homer häufig als die kyprische (Kypris) bezeichnet wird, und sich auf Cypern ihre, wie es scheint, ältesten Kultstätten Paphos, Amathus und Idalion befinden, so wird man wahrscheinlich ihre eigentliche Heimat auf dieser Insel suchen müssen. Von hier aus mag ihre Verehrung dann nach Kythēra (Cerigo) und Sparta, sowie nach Korinth, Elis, Athen

und andererseits nach dem Berge Eryx auf Sicilien gelangt sein. Auf Cypern selbst aber ist sie wohl nur eine lokale Form der assyrisch-phönikischen Fruchtbarkeitsgöttin Istar oder Astarte, der sie besonders in ihrem Verhältnis zu dem hauptsächlich in dem syrischen Byblos und auf Cypern selbst verehrten semitischen Adonis (Herr) völlig gleich steht. Man stellte sich diesen als schönen, von Aphrodite geliebten Jüngling vor, der im Hochsommer, auf der Jagd von einem Eber (der Sonne) verwundet, schnell dahinstirbt und dann bis zum Frühjahr in der Unterwelt bei Persephone, die so selbst als
sein griechisches Gegenbild erscheint, verweilen muß. Nach § 100
Cypern gehört ursprünglich auch die Sage von dem doppelgeschlechtigen Aphrōdītos oder Hermaphrōdītos, einem der Aphrodite selbst verwandten Vertreter der üppig zeugenden Naturkraft, der letzteren Namen eigentlich wohl nur führte, weil er gewöhnlich in Hermenform dargestellt wurde. Durch mißverständliche Deutung dieses Namens machte man ihn später zu einem Sohne des Hermes und der Aphrodite; vgl. Priapos. Ebenso ist Aphrodites Verbindung mit Anchīses, dem Könige von Dardanos in Troas, dem sie auf dem Idagebirge naht und den Aineias gebiert, wohl orientalischen Ursprungs. Dem Anchises aber mag der schöne Paris, der Sohn des Priamos, nahe stehen, der ihr den Preis der Schönheit erteilt, wie die schöne Helena, die sie ihm als Lohn dafür verschafft, ihr wohl selbst verwandt ist.

Sogar ihr gewöhnlicher Kultbeiname Urania (die Himmlische) scheint von Astarte entlehnt zu sein, da Aphrodites Verbindung mit Uranos im Anschluß an eine falsche Deutung ihres Namens als Schaumgeborene offenbar erst zur Erklärung jenes Beinamens erfunden worden ist.

Ebenso steht es mit der aus ihrer Bedeutung in Griechenland nicht erklärlichen Beziehung zum Meere und ihrer Verehrung als Euploia (günstige Fahrt Verleihende), Pontia (Meergöttin) u. dergl., in welcher Eigenschaft ihr der Delphin und der Schwan als Kennzeichen zukommen.

§ 110 In Mykenae finden sich Darstellungen einer nackten, von Tauben begleiteten Göttin, die den Bildern der asiatischen Fruchtbarkeitsgöttin entschieden nachgeformt, aber doch wahrscheinlich schon als Aphrodite-Idole zu bezeichnen sind. Seit homerischer Zeit ist sie wie alle anderen griechischen Göttinnen lang bekleidet; sie hält Früchte in den Händen, und Tauben sitzen zu ihren Füßen. Vom 4. Jahrhundert an erscheint sie aber auch wieder halb oder ganz entblößt, indem man sie badend oder als Anadyoméne (aus dem Meere auftauchend) auffaßte. Das schönste Beispiel der halbentblößten Göttin ist die Aphrodite von Melos; ganz nackt bildete sie Praxiteles für ihr Heiligtum in Knidos. Als Symbole der Fruchtbarkeit werden ihr außer der Taube der Widder oder Bock beigegeben.

§ 111 Erōs ist dagegen der männliche Vertreter der Liebe; als eigentlicher Gott wurde er seit alter Zeit, wahrscheinlich schon von der vorhellenischen Bevölkerung zu Thespiai in Boiotien, zu Parion am Hellespont und zu Leuktra in Lakonien verehrt; und zwar knüpfte sich in Thespiai sein Kult an das uralte Symbol eines rohen Steines; er selbst aber galt dort als Sohn des Fruchtbarkeit spendenden Hermes und der mütterlichen unterirdischen Artemis. In den homerischen Gedichten erscheint er nicht als Gottheit, und Hesiod betrachtet ihn nur als weltzeugende Urkraft, obwohl er jedenfalls seinen wirklichen Kultus kennt.

§ 112 Später trennt man von Eros noch Himeros, das stürmische Liebesverlangen, und Pōthos, die Liebessehnsucht, ab, ohne daß diese jedoch wirklich göttliche Geltung erhalten; allmählich entwickelt sich so eine nicht weiter voneinander unterschiedene Mehrzahl von Eroten. Seit Anfang des 5. Jahrhunderts v. Chr. wird Eros bildlich und zwar als geflügelter Knabe oder zarter Jüngling mit Blüte und Lyra, Binde (Tänie) und Kranz in den Händen dargestellt und oft mit Aphrodite, die jetzt auch als seine Mutter gilt, verbunden. Seit dem 4. Jahrhundert erhält er Bogen und Pfeil oder auch eine Fackel als Attribut, indem man den von ihm erregten Liebesschmerz als eine Verwundung betrachtete. Später faßte man die Fackel als Symbol des Lebenslichtes auf und bezog Eros, ähnlich wie Aphrodite, auch auf Tod und Unterwelt. Man gab ihm die umgekehrte und erlöschende Fackel in die Hand, oder man ließ ihn selbst ermattet in Schlaf versinken und machte ihn so geradezu zum Todesgott Thánatos.

Zuletzt brachte man im Anschluß an Platonische Vorstellungen die Liebe, welche die menschliche Seele zugleich beglückt und quält, in der Art zum Ausdruck, daß Eros die als Schmetterling (§ 3) oder Mädchen mit Schmetterlingsflügeln gebildete Psyche (Seele) bald schmeichelnd umarmt, bald auf grausame Weise peinigt.

IX. Dionysosreligion.

Eine durchaus neue Art von Gottesdienst verbreitete § 113
sich in Griechenland durch die Einführung der fanatischen Dionysosverehrung, die Homer zwar schon einigermaßen bekannt ist, aber von ihm nur ganz flüchtig erwähnt wird. Der Kult des Diónȳsos hat seinen Ursprung in Thrakien, und von hier aus ist er, gleich dem Aresdienst, durch einen südwestwärts ziehenden Volksteil nach Phokis und Boiotien, später auch nach Attika gelangt. Die Thraker waren den

Phrygern Kleinasiens nahe verwandt, bei denen er unter dem Namen Sabazios als Sohn der Göttermutter Ma verehrt wurde. Schon in seiner Heimat wird der Gott, ebenso wie später in Griechenland, zur Nachtzeit von Frauen, die in leidenschaftlicher Erregung Fackeln tragend in den Bergwäldern umherschwärmen, durch sogenannte Orgien gefeiert, ein Wort, welches mit ὀργάω und ὀργή Erregung zusammenhängt. Diese seine Verehrerinnen wurden im Mythos zu seinen Ammen, den Nymphen, und zu seinen Begleiterinnen: den Bakchen (Jauchzende), Mainaden (Rasende) und Thyiaden (Stürmende).

§ 114 Der wilde Rundtanz, das Schütteln des Kopfes, das Jauchzen und die betäubende Flötenmusik riefen bei ihnen in Verbindung mit dem Genuß berauschender Getränke, besonders des Weins, der in Thrakien seit alter Zeit gebaut wurde, eine Verzückung hervor, in der sie sich mit dem Gotte zu vereinen glaubten. Ihre Seelen schienen den Körper zu verlassen und sich unter die den Gott begleitende Geisterschar zu mischen, oder sie meinten, der Gott selbst gehe in ihren Körper ein, so daß sie des Gottes voll seien. — Das Gefühl des Gegensatzes von Seele und Leib, das sich in der Verzückung (ἔκστασις) offenbart, ruft den Glauben an die göttliche Natur des Geistes und dadurch zugleich die Ueberzeugung von seiner Unvergänglichkeit hervor. Denn ebensogut wie in der Verzückung kann sich die Seele auch im Tode vom sterblichen Leibe trennen und für sich fortbestehen. Dem Seelengott Dionysos legte man nun ebenso wie den Seelen selbst Schlangengestalt bei; um ihn in sich aufzunehmen, zerrissen und verschlangen daher seine Verehrerinnen Schlangen oder auch andere ihm geweihte und nach älterer Anschauung ihn selbst vertretende junge Tiere, wie Stierkälber und Böcke, ja in frühester Zeit wahrscheinlich auch Kinder, tranken das als

Sitz der Lebenskraft betrachtete Blut und hüllten sich in die frischen Felle. Dabei riefen sie mit lauter Stimme den zur Zeit der winterlichen Sonnenwende als ein in einer Getreideschwinge schlafendes Kind vorgestellten Gott herbei, damit er im neu beginnenden Jahre Fruchtbarkeit spende. Nach dem von ihnen ausgestoßenen Jubelruf nannte man den Gott selbst auch Bakchos oder Jakchos.

Denselben Sinn verraten die Festbräuche der auf dem § 115
Lande gefeierten kleinen Dionysien und in Athen selbst an den Anthesterien (Blumenfest) die symbolische Vermählung des Gottes mit der das Land vertretenden Königin, die in der Zeit der Republik durch die Gattin des Archon Basileus ersetzt wurde.

Da man auch aus den Früchten des Epheu einen Rauschtrank herstellte, so war auch dieser dem Dionysos heilig. Als Lyaios (Sorgenlöser) führt er die Weinranke oder den epheuumwundenen Thyrsos als Kennzeichen; ihm zu Ehren feierte man in Athen das Weinlesefest der Oschophoria (Umtragen von Weinreben), sowie das Kelterfest der Lenaia; auf dem weinreichen Naxos aber, das den Mittelpunkt des Dionysosdienstes auf den Inseln mit jonischer Bevölkerung bildete, sang man ihm wahrscheinlich den Dithyrambos zuerst als einfaches Trinklied. In Korinth wurde dieser dann zu einem von Sängern in Satyrkostüm vorgetragenen Chorgesang umgestaltet, aus welchem sich bei den Dionysosfesten Thebens der Dithyrambos Pindars, in Athen aber das Drama und zwar zunächst als τραγῳδία (Bocksgesang) oder Satyrspiel entwickelte. Hier machte daher bei den Frühlingsspielen der großen städtischen Dionysien später die Aufführung[1]) der aus

[1]) Vergl. Sammlung Göschen Nr. 16 Griechische Altertumskunde S. 125 ff.

diesem hervorgegangenen Dramen den wesentlichsten Teil des Festes aus.

§ 116 Als man die eigentliche Bedeutung des oben erwähnten Kinderopfers nicht mehr verstand, dichteten die Orphiker, d. h. die Vertreter der durch den Dionysoskultus entwickelten religiösen Dichtung, etwa in der Zeit des Peisistratos zur Erklärung jenes Opferbrauches, Dionysos selbst sei als Kind oder in Tiergestalt von den Titanen, den Feinden der Götter, zerrissen worden und habe deshalb den Namen Zagreus erhalten, der freilich eigentlich wohl ein Beiname des alles dahin raffenden Todesgottes ist (Ζα-αγρεύς der wilde Jäger?).

Bei der Einfügung des thrakischen Fremdlings in das hellenische Göttersystem wird Dionysos zum Sohne des Zeus, seine Mutter Semĕle zur Tochter des Kadmos von Theben, weil er hier hauptsächlich verehrt wurde. Nach dem vorzeitigen Tode derselben birgt Zeus das noch unreife Kind bis zur Zeit der Geburt in seinem eignen Schenkel. Dann überbringt es Hermes den Nymphen von Nysa oder den gleichbedeutenden Hyaden (Regenwolkengöttinnen) zur weiteren Pflege.

§ 117 Andere Mythen beziehen sich auf den Widerstand, welcher der Einführung des fremden Kultes entgegengesetzt worden ist. Schon in Thrakien, der Heimat des Gottes selbst, scheinen barbarische Gegner seiner Verehrung in dem mit der Doppelaxt ihn und seine Ammen verfolgenden Lykurgos verkörpert worden zu sein; in dem minyëischen Orchomenos treten ihm die nüchtern arbeitsamen Töchter des Minyas und ebenso in Argos die des Proitos, in Theben aber der König Pentheus entgegen; doch sie alle kommen infolge des vom Gotte gesandten Wahnsinns, zu dem am Ende die trunkene Erregung gesteigert wird, um.

Die auf Naxos oder Dia bei Kreta lokalisierte Vermählung des Dionysos mit Ariadne, einer der Aphrodite nahe stehenden kretischen Göttin, entspricht ganz seinem sonstigen Wesen; die Bedeutung dieser Ehe wird nämlich durch die ihr entstammenden Söhne Oinopion (Weintrinker), Staphylos (Traube) und Euanthes (der schön Blühende) gekennzeichnet. Mit Aphrodite selbst ist er dagegen als Vater des zu Lampsakos am Hellespont verehrten Garten- und Herdengottes Priapos verbunden, der ihm wesensverwandt zu sein scheint.

Das älteste Kultsymbol des Dionysos ist ein wahrschein- § 118
lich aus einem heiligen Baume hervorgegangener geweihter Pfosten oder Pfeiler, aus dem sich wieder durch Ansetzen einer Maske und durch Bekleidung die ältesten eigentlichen Kultbilder entwickelt haben. Der bärtige, vollbekleidetete Typus bleibt bis ins 4. Jahrhundert v. Chr. vorherrschend; als Kind erscheint er später auf dem Arm des Hermes oder eines bärtigen Satyrs. Nachdem Praxiteles ihn als nackten, nur mit dem Fell eines Hirschkalbes (νεβρίς) bekleideten Jüngling gestaltet hatte, kam die nackte und jugendliche Bildung in allgemeine Aufnahme.

X. Die Gottheiten des Schicksals.

Als in den Staaten der Menschen Ordnung und Recht § 119
der persönlichen Willkür der Machthaber gegenüber allmählich gebietenden Einfluß erlangten, gewannen diese Begriffe neben den ganz nach Art menschlicher Herrscher mit Leidenschaft behaftet vorgestellten Göttern der älteren Zeit in den Schicksalsgottheiten selbständige Bedeutung. Bei Homer ist ihre Stellung, wie in den Staaten seiner Zeit, noch eine schwankende; der zugemessene Teil (μόρος), die Moira — seltener auch schon in der Mehrzahl — oder Aisa, gilt zuweilen als Willens-

äußerung des Zeus, in anderen Teilen der Dichtung steht sie aber auch bereits selbständig neben oder sogar über ihm, und er ist dann, wie die übrigen Götter, nur Vollstrecker ihrer Bestimmungen. Deshalb werden die Moiren bei Hesiod bald Töchter der Nacht, bald aber auch solche des Zeus und der Themis genannt. Sie bestimmen gleich bei der Geburt das Schicksal des Menschen, und alle wichtigen Ereignisse des Lebens, besonders Hochzeit und Tod, erfolgen nach ihrer Fügung. Seit Hesiod unterscheidet man drei Moiren: Klōthó, die Spinnerin des Lebensfadens, Láchĕsis, die Verleiherin des Lebensloses, und Atrŏpos, die Unabwendbare, Unerbittliche, die den Tod sendet. Dementsprechend führen sie in der Kunst Spindel und Lose, zuweilen aber auch eine Schriftrolle und die Wage, wie ihre Mutter Themis, als Kennzeichen. Von den Römern wurden sie ihren Parzen (Parcae oder Fata) gleichgesetzt.

§ 120 Auch Némesis (die Zuteilende), die zuerst bei Hesiod personifiziert erscheint, vertritt ursprünglich den Begriff des zugemessenen Teiles (vgl. νέμω). Sie wahrt die Einhaltung des rechten Maßes, sodaß ihr die Elle und die Wage als Attribute zukommen. Da sie aber jede und besonders die durch übermäßiges Selbstvertrauen (Hybris) veranlaßte Verletzung desselben tadelt und straft (νεμεσάω, νεμεσίζομαι), wird sie auch zur zürnenden Vergelterin und führt nun als Bändigerin des Uebermutes Zaum, Joch und Geißel. Hauptsächlich ist sie jedoch durch die mit Lüpfung des Gewandes verbundene Bewegung des in den Busen Speiens als die vor Uebermut warnende Göttin charakterisiert, da man sich durch dieses Zeichen der Selbsterniedrigung vor den üblen Folgen desselben zu schützen suchte. — Als Vergelterin im Jenseits wurde sie in Athen an dem Feste der Nemesia verehrt, eigentlichen Kult besaß sie aber nur zu Rhamnus in Attika; über ihre Gleichsetzung mit Leda s. § 135.

Die jüngste dieser den alten Götterglauben allmählich § 121
auflösenden Personifikationen ist endlich Tychē (der glückliche Zufall, lat. Fortuna). Sie wird zwar schon von den älteren Lyrikern personifiziert, allgemeinere göttliche Verehrung gewinnt sie aber nicht eher, als bis der Glaube an die Macht der alten Götter zu sinken beginnt. In dieser Zeit des Unglaubens erst galt sie als Spenderin von Fruchtbarkeit und Reichtum, sowie als Lenkerin des Menschengeschicks und Retterin aus Gefahren des Meeres und des Krieges, daher sie dann auch vielfach als Schutzgottheit von Städten betrachtet wurde. Als Attribute kamen ihr Füllhorn und Steuerruder zu; außerdem wird ihr ein rollendes Rad oder eine Kugel beigegeben, um die Wandelbarkeit des Glücks anzudeuten.

Die Verehrung einer solchen Göttin des Zufalls bedeutet § 122
nun aber eigentlich weiter nichts als die Leugnung aller wirklichen göttlichen Macht. So bereitet sich die griechische Welt nach Zerstörung des alten positiven Glaubens an bewußt und gütig das Menschenschicksal leitende Götter selbst zur Aufnahme der neuen von Palästina ausgehenden Heilslehre vor. Denn wenn auch die Philosophie eine Zeitlang die alten, abgestorbenen Formen durch Erfüllung mit ethischen Gedanken neu zu beleben versucht hat, einen wirklich tröstenden, festen Glauben an ein Fortleben nach dem Tode und eine die Mängel des Erdenlebens ausgleichende Gerechtigkeit hat sie nie gewähren können.

Heroische Dichtung.

I. Thebanische Sagen.

§ 123 Kadmos, der Erbauer der Kadmeia, der er selbst als Heros eponymos seinen Namen verdankt, ist der sagenhafte Ahnherr des auf der Burg von Theben ansässigen Herrengeschlechtes der Kadmeionen. Er erschlägt einen an einer Quelle hausenden, von Ares abstammenden Drachen, aus dessen in die Erde gesäeten Zähnen die ehernen Sparten (die Gesäeten), d. h. die Ureinwohner von Theben, hervorwachsen. Nachdem sich diese zum größten Teil in dem von Kadmos durch List erregten Bruderkampf gegenseitig getötet haben, gründet er mit Hilfe der fünf Ueberlebenden, d. h. mit den Stammvätern der Adelsgeschlechter Thebens, die Kadmeia. Dann heiratet er Harmonia (Vereinigung), die Tochter der boiotischen Landesgötter Ares und Aphrodite, was wohl auf die Schaffung eines geordneten Staatswesens deutet. Von ihren Kindern sind Ino und Semele hervorzuheben. Zuletzt nimmt Kadmos samt seiner Gattin, wie andere Heroen, Schlangengestalt an, beide werden aber von Zeus in das Elysion versetzt. In Sparta hatte Kadmos ein Heroon.

Die jüngere, besonders von Delphoi ausgehende Sage verlegt die Heimat des Kadmos nach Phoinikien und macht ihn zu einem Sohne des Königs Agēnōr von Tyros. Von diesem soll er dann mit seinen Brüdern, den Stammheroen Phoinix, Kilix und Thasos, ausgesendet worden sein, um seine von Zeus entführte Schwester Europa zu suchen, dabei aber nach Boiotien gelangend Theben gegründet haben. Europa hatte sich nämlich, mit ihren Gefährtinnen am Gestade von Sidon oder Tyros spielend, durch den in Stiergestalt erscheinenden Zeus verleiten lassen, sich auf dessen Rücken zu schwingen, war dann aber plötzlich von ihm über das Meer hin nach Kreta getragen worden, wo man den Zeus Ἀστέριος vielleicht einst in Stiergestalt verehrte. Minos und Rhadamanthys galten als ihre Söhne; der Europa Hellotia oder Hellotis wurde auf Kreta das Fest Hellotia mit Umtragung eines riesigen Myrtenkranzes gefeiert.

Eine boiotisch-sekyonische Heroine ist Antiŏpē. Im Ki- § 124
thairongebirge gebiert sie von Zeus die Zwillinge Amphīon und Zēthos, die wahrscheinlich den lakonischen Dioskuren urverwandt sind. Als sie später von Dirke, der eifersüchtigen Frau ihres Oheims Lykos, grausam gequält auf den Kithairon flieht, trifft sie unerkannt mit ihren Söhnen, die ein Hirte aufgezogen hat, zusammen. Bei Gelegenheit eines Dionysosfestes wird sie jedoch von Dirke wieder ergriffen, und zur Strafe für ihre Flucht soll sie an die Hörner eines Stieres gebunden zu Tode geschleift werden. Da erfahren ihre Söhne von ihrem Pflegevater das Geheimnis ihrer Abstammung, befreien ihre Mutter und vollziehen die ihr angedrohte grausame Strafe an Dirke selbst, die sterbend in die gleichnamige Quelle bei Theben verwandelt wird. Die Fesselung der Dirke an den Stier ist im Anfang des 2. Jahrhunderts v. Chr. von Apollonios und Tauriskos von Tralles in der unter dem Namen des Farnesischen Stieres bekannten Marmorgruppe, die sich jetzt zu Neapel befindet, dargestellt worden.

Die Zwillinge bemächtigen sich der Herrschaft in Theben und umgeben die Unterstadt mit der siebenthorigen Mauer, indem die von dem gewaltigen Zēthos herbeigeschleppten Steine sich durch den Zauber von Amphīons Saitenspiel von selbst regelrecht aufschichten, eine Sage, die wohl den ordnenden Einfluß der Musik, in welcher dasselbe Gleichmaß wie in der Baukunst herrscht, verherrlichen soll.

§ 125 Amphion heiratet Niobe, die Tochter des Tántalos, die den selbstbewußten Stolz von ihrem Vater geerbt hat. Da sie 6 Söhne und 6 Töchter geboren, rühmt sie sich reicher zu sein als Leto, die nur zwei Kinder habe. Apollon und Artemis rächen die ihrer Mutter zugefügte Beleidigung und töten sämtliche Kinder der Niobe, welche aus Schmerz über ihren Verlust zu Stein erstarrt und nach dem Berge Sipylos in Lydien versetzt wird; man rief sie aber auch in Griechenland als Göttin an, und eine argivische Quelle trug ihren Namen. Amphion giebt sich selbst den Tod; sein Grab zeigte man in der Nähe von Theben.

Die Tötung der Niobiden war von Skopas oder Praxiteles wahrscheinlich für die Stadt Seleukia in Kilikien als Gruppe gearbeitet, und diese ist später nach Rom gebracht worden. Die meisten Gestalten derselben sind uns in römischen Nachbildungen (jetzt in Florenz) erhalten.

II. Die Sagen von Argos, Mykenai und Tiryns.

§ 126 Wie durch Ausgrabungen bekannt geworden ist, trat die Landschaft Argos schon während der Blütezeit der Stadt Mykenai, die sich etwa von 1400 bis 1200 v. Chr. erstrecken mag, in nahe Beziehung mit Aegypten und Asien. Das zeigt sich auch in den Mythen dieses Landes: Jo und Danaos weisen auf eine Verbindung mit Aegypten, Perseus und die Pelopiden auf eine solche mit Asien hin.

Jo, die Tochter des Flußgottes Inăchos, wird von Zeus geliebt; die eifersüchtige Hera verwandelt sie deshalb in eine Kuh, das ihr heilige Tier, und läßt sie von dem vieläugigen, alles schauenden (πανόπτης) Argos in der Nähe von Mykenai bewachen, bis dieser auf Zeus' Befehl von Hermes, der deshalb den Beinamen Argostöter (Ἀργειφόντης) führt, eingeschläfert und getötet wird. Hierauf wird Jo durch eine von Hera gesandte Bremse durch Länder und Meere gejagt, in Euboia oder Aegypten erhält sie aber endlich durch Zeus ihre menschliche Gestalt wieder und gebiert nun den Epäphos, den Vater des Danäos und Aigyptos.

Danäos, der Vertreter der zur Zeit Homers in Argolis wohnenden Danaer, wandert nach der Sage mit seinen fünfzig Töchtern, den Danaiden, nach Griechenland ein und wird König von Argos, wo sein Grabmal später auf dem Stadtmarkte gezeigt wurde. Die fünfzig Söhne des Aigyptos folgen ihnen, werben um sie, werden aber auf Befehl des Danäos alle bis auf Lynkeus, den seine Gattin Hypermnestra verschont, in der Hochzeitsnacht von ihren Frauen ermordet. Zur Strafe für diese Unthat müssen die Danaiden in der Unterwelt Wasser in ein durchlöchertes Faß schöpfen. § 127

Ein Nachkomme des Lynkeus ist Akrisios, König von Argos. Durch ein Orakel erfährt dieser, daß er von einem Enkel werde getötet werden; deshalb verbirgt er seine Tochter Danäë in einem ehernen Gemache und läßt sie streng bewachen. Zeus aber dringt als goldener Regen dennoch zu ihr ein, und sie wird Mutter des Perseus. Akrisios schließt nun beide in einen Kasten und wirft sie ins Meer. Tief ergreifend schildert ihre furchtbare Not Simonides von Keos § 128

„Als um den kunstgefügten Kasten nun
Der Wind erbraust' und die empörte Welle,
Da sank sie hin in Angst, bethränt die Wangen,
Und schlang um Perseus' Nacken ihren Arm
Und sprach: O Kind, wie groß ist meine Qual!

Du aber atmest sanft im Schlaf und ruhst
Mit stiller Säuglingsbrust im freudelosen,
Erzfesten nachterleuchteten Gehäus,
Dahingestreckt in tiefe Dämmernis,
Und lässest ruhig über deinem dichten,
Gelockten Haar die Flut vorüberwandeln
Und das Geheul des Sturmes,
In deinem Purpurkleid, ein lächelnd Antlitz.
Ach, ahntest du die Schrecken um mich her,
Gewiß du lauschtest mir mit bangem Ohr!
Doch schlaf', o Kind, und schlafen soll die See
Und schlafen all das unermess'ne Leid!
Du aber wandle deinen harten Sinn,
O Zeus! — Und ist ein Frevel dies Gebet,
Vergieb mir, Vater, um des Kindes willen!"*)

Endlich gelangen sie nach der Insel Seriphos, wo Perseus heranwächst. Später sendet ihn der Beherrscher derselben aus, um den Kopf der Gorgo Medūsa zu holen. Da er von Hermes und Athena unterstützt wird, gelingt es ihm, dem schlafenden Ungeheuer das Haupt, dessen Anblick jeden, der es schaut, versteinert, abzuschneiden; den ihn verfolgenden Schwestern der Medūsa aber entkommt er nur mit Hilfe eines unsichtbar machenden Helmes, den ihm Hades geliehen hat. In Aethiopien (Rhodos?) befreit er Androměda, die Tochter des Kepheus, die als Opfer für ein von Poseidon gesendetes Meerungeheuer an einem Uferfelsen festgebunden worden war. Nachdem er dann alle seine Feinde durch den Anblick des Gorgonenhauptes in Stein verwandelt, seinen Großvater aber dem Orakel entsprechend beim Diskoswerfen aus Versehen getötet hat, herrscht er mit seiner Gattin Androměda in Tiryns und erbaut von hier aus Mykēnai.

*) Geibel, Klassisches Liederbuch S. 52.

In Argos hatte er ein Heroon, auch wurde er zu Athen und Seriphos verehrt.

Ein jüngeres, aber noch vor der dorischen Wanderung § 129
in Argos und einem großen Teil der übrigen Peloponnes mächtiges Geschlecht ist das des Tántălos, der zugleich auf dem Berge Sipylos in Kleinasien seinen Sitz hat. Er ist eine dem Himmelsträger und Berggott Atlas ähnliche Gestalt. Als den Sohn des Zeus würdigten ihn die Götter ihres vertrauten Umgangs, durch seine sinnliche Gier und seine Vermessenheit (ὕβρις) aber verscherzte er ihre Gunst; er ward deshalb in die Unterwelt hinabgestürzt und stand dort, ewig von Hunger und Durst, gequält, mitten im Wasser unter einem Baum mit reichen Früchten; denn Wasser und Baum wichen zurück, so oft er nach ihnen die Hand ausstreckte. Nach anderer Sage schwebte ein stets Einsturz drohender Felsen über seinem Haupte. Dies scheint die ältere Vorstellung zu sein, weil Tantalos jedenfalls von ταυταλόω, ταυταλεύω schwanken herzuleiten und etwa mit „Wiegestein" zu übersetzen ist; vielleicht galten solche, ebenso wie in Deutschland als Sitz der Gottheit auf Berggipfeln. Einen Berg gleiches Namens gab es auf Lesbos, wo Tantalos auch heroische Verehrung genoß. Seine Kinder sind Niobe und Pelops, § 130
nach dem die Peloponnēsos (Pelopsinsel) genannt sein soll. Dieser warb um Hippodameia (Roßbändigerin), die Tochter des Königs Oinómăos von Elis, und gewann sie durch eine Wettfahrt mit ihrem Vater, der dabei durch den Verrat seines Wagenlenkers umkam. Die Vorbereitungen zu dieser Wettfahrt sind am Ostgiebel des Zeustempels zu Olympia*) dargestellt. Pelops aber wurde in Elis und anderen Orten

*) Vergl. Sammlung Göschen Nr. 16 Griechische Altertumskunde S. 202.

der Peloponnes als Heros durch Opfer und Spiele hoch gefeiert.

Sein Sohn Atreus wurde nach Eurystheus' Tode Herrscher von Mykenai, und nach der in der Ilias vorliegenden älteren Sage erbte von ihm sein Bruder Thyestes auf rechtliche Weise das Reich. Das jüngere Epos und besonders die Tragiker lassen dagegen die Nachkommen des Tantalos in eine Reihe der furchtbarsten Verbrechen verstrickt sein. Nach ihnen raubte Thyestes seinem Bruder die Herrschaft, die Frau und den Sohn. Atreus aber rächt sich, nachdem er die Königsmacht zurückerlangt hat, dadurch, daß er die Söhne des Thyestes schlachtet und ihr Fleisch dem nichts ahnenden Vater als Speise vorsetzt. Dafür wird später Atreus wieder von Aigisthos, einem Sohne des Thyestes, den er aber für seinen eigenen Sohn gehalten und als solchen
§ 131 aufgezogen hat, ermordet. Ihn verdrängen aus der Herrschaft Agamemnon und Menelāos, die echten Söhne des Atreus; ersterer wird König von Mykenai, letzterer von Lakedaimon, wo er später besonders zu Therapne mit seiner Gattin Helena zusammen als Ortsgott Verehrung fand. Paris, der schöne Sohn des Priamos von Troja, entführt diese mit Hilfe der Aphrodite. Um die Schmach zu rächen, sammeln die beiden Atriden ein gewaltiges Griechenheer, dessen oberste Leitung Agamemnon übernimmt. Als dasselbe in Aulis vereinigt ist, hindern widrige Winde die Ausfahrt, weil dieser die Göttin Artemis beleidigt hat. Nach Seherausspruch kann die Göttin nur durch Opferung von Agamemnons Tochter Iphigeneia versöhnt werden. Daraufhin sendet der König einen Boten an seine Gattin Klytaimnestra nach Mykenai und läßt ihr sagen, sie möge ihre Tochter ins Lager senden, da sie mit Achilleus vermählt werden solle. Als Iphigeneia

dann aber zum Opferaltar geschleppt wird, entführt sie Artemis nach Tauris (der Halbinsel Krim), und am Altare steht statt des Mädchens eine Hirschkuh. Agamemnon zieht nun mit Menelaos und vielen anderen Helden gegen Troja; inzwischen verführt Aigisthos die Klytaimnestra, die ihrem Gatten wegen der Opferung ihrer Tochter zürnt, und beide ermorden dann den zehn Jahre später nach Eroberung Trojas heimkehrenden König. In Lakonien, Chäronēa und Klazomenä wurde Agamemnon aber in späterer Zeit als Zeus Agamemnon (vgl. *Z. βασιλεύς*), wie ein unterirdischer Zeus unter dem Bilde eines Scepters, dem Symbole der Herrschaft, verehrt; sein Grab zeigte man in Amyklai und Mykenai. Bei dem Morde des Vaters rettet Elektra, die ältere Tochter Agamemnons, ihren jugendlichen Bruder Orestes zum König Strophios von Phokis, mit dessen Sohne Pylades er Freundschaft schließt. Zum Jüngling herangewachsen, eilt er nach Mykenai zurück, um den Vater an den beiden Mördern zu rächen. In der Elektra des Sophokles und noch mehr in der des Euripides stachelt die von ihrer Mutter mißhandelte Elektra selbst ihren beim Anblick der Mutter zögernden Bruder mit haßerfüllten Worten zur Ausführung der grausigen Blutthat an. Zuerst fällt Klytaimnestra von dem Schwerte des Sohnes durchbohrt, dann auch Aigisthos. Kaum aber hat Orestes das Blut seiner Mutter vergossen, so erheben sich die Erinyen zu seiner Verfolgung. Ruhelos und elend irrt er umher, bis er auf das Geheiß des delphischen Orakels nach Tauris geht, um das dort befindliche Bild der Artemis nach Griechenland zu bringen. Bei dem Versuch dasselbe zu rauben gefangen, soll er der Göttin als Opfer geschlachtet werden. Da findet er im Tempel derselben seine Schwester Iphigeneia als Priesterin.

Von ihr unterstützt, entflieht er, indem er die Schwester und das Götterbild mit sich führt. Pylades, der ihn überall begleitet hat, heiratet nun Elektra, Orestes selbst aber die schöne Hermione, die Tochter des Menelāos und der Helĕna. — Iphigeneia ist ursprünglich ein Beiname der Artemis, so daß die Priesterin ihrer Göttin wesensgleich sein dürfte; Orestes aber genoß in Sparta, Tegea, Troizen und anderwärts heroische Ehren.

III. Korinthische Sagen.

§ 132 In enger Verbindung mit Argos stand Korinth, das sich infolge seiner Lage früh als wichtige Handelsstadt entwickelte und besonders von Phoinikien aus stark beeinflußt wurde.

Schon die Ilias kennt den schlauen, gewinnsüchtigen Sisyphos, den Herrscher von Ephyra, d. h. von Akrokorinth, wo er einen Tempel hatte. Später sank er geradezu zum Rechenkünstler und Ränkeschmied, dem Vor- und Abbild des korinthischen Händlers, herab. Weil er den Zeus beleidigt hat, wird er in der Unterwelt dazu verdammt, ewig einen Felsblock auf einen Berg hinaufzuwälzen, der vom Gipfel desselben immer wieder herabrollt. Da Sisyphos auch durch sein Grab auf dem Isthmos und seine Beziehung zu Poseidon als alter Meergott gekennzeichnet wird, so ist diese Strafe wahrscheinlich als ein Bild der unaufhörlich die Steine des Strandes hin und her rollenden Meereswoge zu betrachten.

§ 133 Sein Enkel Bellerophóntes oder verkürzt Bellerophōn besitzt das Flügelroß Pēgăsos. Nach Lykien gesandt, tötete er mit Hilfe desselben die furchtbare Chimaira (Ziege), ein aus einer feuerspeienden Ziege, einem Löwen und einer Schlange zusammengesetztes Ungeheuer, das wohl vulkanische

Erscheinungen versinnlicht. Dann bekämpfte er das Bergvolk der Solymer und die männergleichen Amazŏnen. Zuletzt versuchte er auf dem Donnerrosse Pegasos in den Himmel selbst einzudringen, wurde aber herabgeschleudert, so daß er elend umkam. In Korinth sowohl wie in Lykien genoß er göttliche Ehren.

IV. Lakonische Sagen.

Der angesehenste Ort Lakoniens war vor der dorischen § 134
Wanderung das südlich von Sparta gelegene Amyklai, ein Hauptsitz des Apollonkultes. Hier oder in Sparta herrschten Tyndáreōs und seine Gattin Lēda. Diese wird von Zeus, der auf dem nahen Taygetosgebirge thronte, Mutter der Dioskūren (Zeussöhne) Polydeukes (lat. Pollux) und Kastor, dann auch der Helena, nachdem ihr derselbe in Gestalt eines Schwanes genaht. Von Tyndáreos gebiert sie die Klytaimestra, und auch der sterbliche Kastor gilt
später als dessen Sohn. Die Dioskuren haben ihren § 135
Hauptsitz in Lakonien, Messenien und Argos, später verbreitet sich ihr Kult aber über die ganze griechische Welt, so daß sie überall als Retter in Gefahren (Σωτῆρες) oder als Herrscher (Ἄνακες), insbesondere in der Schlacht und im Seesturm, angerufen werden. Zuweilen wird neben ihnen auch ihre Schwester Helena, die vielleicht nur wegen ihrer für Troja und das Griechenvolk verhängnisvollen Bedeutung zuletzt auch zur Tochter der rächenden Nemesis gemacht wird, als Schutzgöttin verehrt. Beide Dioskuren reiten auf weißen Rossen, doch gilt Polydeukes daneben als gewaltiger Faustkämpfer. Nach dem Tode des Kastor, der von dem messenischen Helden Idas erschlagen wurde, bat er, um nicht von seinem Bruder getrennt zu werden, den Zeus, sie beide immer

wechselnd je einen Tag in der Unterwelt und einen auf dem Olymp weilen zu lassen.

In der Kunst erscheinen die Dioskuren meist als jugendliche Reiter, nur mit der Chlamys bekleidet und mit der Lanze bewaffnet. Als Attribut kommt ihnen in Rücksicht auf ihre heroische Natur die Schlange zu; später ist für sie aber der spitze, eiförmige Hut (πῖλος) oder die Beifügung zweier Sterne charakteristisch.

V. Herakles.

§ 136 Herakles ist der Sohn des Zeus und der Alkmene (die Starke), der Gattin des Königs Amphitryon von Theben, ein Nachkomme des Perseus. In seiner Jugend wird er auch gleich seinem Großvater, dem Herrscher von Tiryns, Alkaios (der Starke) genannt, wovon sein Beiname Ἀλκείδης (lat. Alcīdes) abgeleitet ist. Sein wahrscheinlich argivischer Hauptname hat noch nicht sicher erklärt werden können. Der zweite Teil κλῆς gehört, wie die vollere Form κλειτός, zu κλέος Ruhm; ob aber der erste Teil mit Ἥρα, der Schutzgöttin von Argos, die ihm die Arbeiten aufbürdet, zusammenhängt, ist nicht bestimmt zu sagen. Als Heros wird er vor allem bei den Boiotern, Dorern und Thessalern verehrt, wie ja bei ersteren überhaupt aller Heroenkult am frühsten in reicherer Entwicklung auftritt; in Athen, Marathon, Leontinoi genießt er dagegen als ἀλεξίκακος (Unheilabwehrer) und καλλίνικος (Sieger) seit alter Zeit göttliches Ansehen. Später findet man, da er als Hauptvertreter der Ringkunst und deshalb auch als Stifter der olympischen Spiele galt, seine Bildsäulen überall in den Gymnasien und den regelmäßig mit diesen verbundenen Bädern, so daß er geradezu zum Gott aller Thermen und sonstigen Heilquellen wird. Weil er aber die

Straßen von feindlichen Gewalten gesäubert hat, erscheint er auch als Geleitsgott (ἡγεμόνιος) der Reisenden. Oft ist er von seiner Schützerin Athena, seltener auch von Hermes und Apollon begleitet.

Wie alle mit anderen Frauen erzeugten Söhne des § 137
Zeus haßt ihn Hera; deshalb verzögert sie, nachdem Zeus dem zuerst geborenen Nachkommen des Perseus die Herrschaft über Argos bestimmt hat, seine Geburt so lange, bis sein Vetter Eurystheus in Mykenai das Licht der Welt erblickt hat, der nun Herrscher von Argos und damit Lehnsherr des Herakles wird. Dabei ist aber offenbar ursprünglich Tiryns als Geburtsort des Herakles betrachtet worden, da das ferne Theben, das allerdings schon in der Ilias als seine Heimat genannt wird, nie in einem solchen Abhängigkeitsverhältnis zu Mykenai gestanden haben kann.

Noch in der Wiege erwürgt Herakles zwei Schlangen, die Hera gegen ihn absendet. Nachdem er seinen Lehrer Linos, der ihn gezüchtigt hat, mit der Leier erschlagen, schickt ihn Amphitryon als Hirten auf den Kithairon, wo er einen gewaltigen Löwen erlegt. Als sein Vater im Kampfe gegen die Bewohner von Orchomenos gefallen ist, wird Kreon, der letzte Sparte, König von Theben, Herakles erhält aber dessen Tochter Megara zur Frau. Im Wahnsinn, den Hera über ihn verhängt, tötet er seine drei Kinder durch Pfeilschüsse; geheilt muß er zur Sühne in den Dienst des Eurystheus treten, der ihm eine Reihe schwerer Arbeiten auflegt. Dieser Sagenzug bildet die Vermittlung zwischen der thebanisch-boiotischen und der argivisch-dorischen Heraklessage, welch letztere den ältesten Bestand derselben zu umfassen scheint.

Nach dieser hat Herakles seinen Wohnsitz in Tiryns, § 138

südlich von Mykenai, worauf ja schon die Geburtssage deutet. Zuerst kämpft er hier wie auf dem Kithairon mit einem gewaltigen Löwen, der auf dem Apésasgebirge zwischen Nemea und Mykenai haust. Sein Fell trägt er dann um den Oberkörper geschlungen als charakteristische Bekleidung. Hierauf zieht er gegen die Hydra, die nach dem Vorbild des Meerpolypen von der Sage ausgestaltete Wasserschlange der sumpfigen Quellen von Lerna im Süden von Argos, von seinem Freunde und Wagenlenker Joläos begleitet. Statt jedes abgeschlagenen Kopfes wachsen dem Ungeheuer immer wieder zwei neue, bis Jolaos den nahen Wald in Flammen steckt und die Wunden ausbrennt; den letzten unsterblichen Kopf bedeckt Herakles mit einem Felsblock. Dann benetzt er seine Pfeile mit dem Gifte des Ungeheuers.

§ 139 Vom Erymanthosgebirge in Arkadien aus, von dessen schneebedecktem Gipfel ein wilder Bergstrom gleichen Namens herabstürzt, verwüstet ein Eber (ein Bild dieses Stromes selbst) die Gefilde von Psophis. Herakles verfolgt ihn bis in die Firnfelder hinauf und bringt ihn dann gefesselt zu Eurystheus, der voller Schrecken in ein Faß flüchtet. Hieran schließt sich die Bekämpfung der Kentauren. Diese sind Söhne des Jxīon und der Nephéle (Wolke) und wohnen als wilde, halbtierische Jäger auf dem thessalischen Pelion und Ossa, sowie auf dem Pholoëgebirge an der Westgrenze von Arkadien. Gleich den Seilenen sind sie aus Menschen- und Pferdeleib zusammengesetzt, und zwar schließt sich auf den ältesten Bildwerken an einen vollen Menschenkörper im Rücken einfach ein Pferdehinterleib an, später geht ersterer bereits in der Gegend der Hüften in den Vorderbug des Pferdes über. Im Gegensatz zu den übrigen Kentauren ist Cheiron (der Handfertige), der in einer Höhle des Pelion wohnt, milde, gerecht und als Arzt, Weissager und Erzieher der Heroen Achilleus, Jason und Asklepios berühmt. Ihm ähnlich ist Pholos, der Eponymos des Pholoëgebirges. Bei diesem kehrt Herakles ein; als er von ihm mit dem allen Kentauren gemeinsam gehörigen Wein bewirtet wird, gerät er mit diesen in Streit und tötet endlich die meisten derselben mit seinen Pfeilen. Auch Pholos (und ähnlich später Cheiron) kommt um, indem er sich selbst aus Unvorsichtigkeit mit einem solchen verletzt. Nachdem Herakles dann noch in Arkadien die Hirschkuh von Kerynеia gefangen und die am See von Stymphalos nistenden, den Harpyien und Keren ähnlichen Sturmvögel, die mit ihren Federn wie mit Pfeilen schossen (Schloßenwetter), verjagt hat, ist seine Heimat Argolis vor allen Gefahren gesichert.

Die folgenden Züge sind in weitere Ferne gerichtet. Auf § 140
eleïscher Lokalsage beruht die Erzählung von der Reinigung der unraterfüllten Ställe des Königs Augeias (der Strahlende) von Elis, die Herakles nach der Ueberlieferung dadurch ausführt, daß er den Fluß Mēnios (Mondfluß) hindurch leitet, während er auf der Metope des olympischen Tempels, der einzigen erhaltenen Darstellung dieses Abenteuers, einen langen Besen dabei benutzt. Augeias verspricht dem Herakles für diese Arbeit den zehnten Teil seiner Herden, hält dann aber sein Wort nicht, weshalb er später samt seinen Helden nach heftigem Widerstande von ihm erschlagen wird.

Hiermit ist vielleicht der gewöhnlich an zehnter Stelle § 141
aufgeführte Raub der Rinder des ebenfalls im fernen Westen auf der Insel Erytheia (Rotland) herrschenden Riesen Gēryŏneus (Brüller) verwandt. Um über den Okeanos zu fahren, zwingt Herakles den Helios, ihm seine Sonnenbarke zu leihen; dann tötet er den dreileibigen Riesen mit seinen

Pfeilen. Auf der Rückkehr überwältigt er an der Stelle des nachmaligen Rom den feueratmenden Riesen Kākos, der ihm einen Teil der geraubten Rinder gestohlen und in einer Höhle versteckt hatte, in Sicilien aber den mächtigen Faust- und Ringkämpfer Eryx, den Vertreter des gleichnamigen Berges.

Das siebente Abenteuer, die Bändigung des kretischen Stieres, und das neunte, der Kampf mit den Amazonen, deren Königin Hippolyte er im Auftrag des Eurystheus ihren Gürtel abfordern soll, ist vielleicht erst von Theseus, der ähnliche Thaten ausführt, entlehnt worden; freilich kommt der Amazonenkampf des Herakles etwas früher auf Bildwerken vor als der des Theseus, daher hierbei auch eine umgekehrte Uebertragung nicht ausgeschlossen ist.

Als achte Aufgabe erhält Herakles den Befehl, die mit Menschenfleisch genährten Rosse des fern im Norden wohnenden Thrakerkönigs Diomēdes herbeizuholen. Er löst dieselbe, nachdem er den grausamen König seinen eigenen Pferden vorgeworfen hat.

142 Die letzten Abenteuer stehen in engem Zusammenhang miteinander, da beide darstellen, wie sich Herakles am Ende seiner Laufbahn durch die Fahrt in die Unterwelt und in den Göttergarten die Unsterblichkeit errungen hat, eine Vorstellung, die freilich später bei der Verknüpfung der argivischen mit der thessalisch—ötäischen Sage durch die Selbstverbrennung ersetzt worden ist. Auf dem Wege nach dem Garten der Hesperiden (Abendlichen), welche die goldenen Aepfel der Verjüngung hüten und an dem von der untergehenden Sonne vergoldeten Rande des westlichen Himmels wohnen, erwürgt er in der nordafrikanischen Wüste den Riesen Antaios, indem er ihn von der Erde, seiner Mutter, die ihm immer wieder neue Kraft verleiht, emporhebt. Dann tötet er in Aegypten den alle an die

Küste seines Landes verschlagenen Fremden grausam opfernden König Busiris, in dessen Namen sicher der des ägyptischen Gottes Osiris enthalten ist. Nachdem er endlich noch den von Zeus an den Kaukasus gefesselten Prometheus befreit hat, gelangt er zu Atlas, der (wie dem Anschein nach jedes Gebirge) den Himmel auf seinen Schultern trägt. Er bittet ihn, drei Aepfel von dem Baume der Hesperiden zu pflücken, und vertritt inzwischen selbst seine Stelle; oder er geht in eigener Person in den Göttergarten und erschlägt den Drachen Ladon, der den Baum bewacht.

Als schwierigstes Abenteuer ist die Emporführung des § 143
Höllenhundes Kérběros an das Ende gesetzt worden, offenbar, nachdem man vergessen hatte, daß das Herbeiholen der ewige Jugend verleihenden Aepfel aus dem im äußersten Westen vorgestellten Lande der Seligen eigentlich die Aufnahme des Herakles unter die Götter bedeute. Derselbe Gedanke ist später durch die wahrscheinlich gleichfalls der argivischen Sage angehörende Vermählung des Herakles mit Hebe (Jugendblüte), der Tochter und dem jungfräulichen Gegenbilde der nunmehr versöhnten Hera, ausgesprochen worden, während die italische Sage ihren Herkules mit Juno selbst verbindet. Herakles steigt beim Vorgebirge Tainaron in die Unterwelt hinab, befreit Theseus aus der Gefangenschaft, fesselt den Kerberos und kommt bei Troizen oder Hermione mit diesen wieder empor. Eine andere, vielleicht ältere Form derselben Sage scheint in dem schon in der Ilias erwähnten Zuge des Herakles gegen Pylos (Thor der Unterwelt) vorzuliegen, auf welchem er Hades, den Beherrscher der Unterwelt, und seine Feindin Hera mit dreispitzigem Pfeile verwundet.

Nach Lösung der ihm von Eurystheus gestellten Aufgaben hat Herakles' Knechtschaft ihr Ende erreicht. Die

Zwölfzahl seiner Arbeiten scheint aber erst etwa seit 480 v. Chr. festgestanden zu haben.

§ 144 Die dritte Hauptgruppe der Heraklesmythen bilden die in Thessalien und am Oita heimischen Züge, zu denen ursprünglich auch die Eroberung von Oichalia und die Knechtschaft bei Omphale gehören.

Um Jole, die Tochter des gewaltigen Bogenschützen Eurytos, der im thessalischen Oichalia herrscht, wirbt Herakles. Trotzdem er aber ihren Vater im Bogenwettkampf besiegt, wird sie ihm verweigert. Aus Rache stürzt er kurze Zeit darauf ihren Bruder Iphĭtos, obwohl dieser bei ihm als Gastfreund weilt, von einem Felsen herab; auch erobert er später die Stadt und führt Jole als Gefangene mit sich. Um sich von der Blutschuld lösen zu lassen, geht er nach Delphoi, Apollon aber weigert ihm die Antwort. Da faßt H. den heiligen Dreifuß, in der Absicht, ihn zu rauben; Apollon sucht ihm dies zu wehren; den entbrennenden Kampf trennt der Blitzstrahl des Zeus. H. erhält nun das Orakel, daß er nur durch dreijährigen Sklavendienst von der Schuld frei
§ 145 werden könne. Hermes verkauft ihn deshalb an Omphăle, die später allgemein als Königin von Lydien und als Stammmutter der lydischen Könige galt, ursprünglich aber wohl die eponyme (namensgleiche) Heroine der wahrscheinlich einst an der Grenze von Thessalien und Epirus gelegenen Stadt Omphalion ist. Denn in ihrem Dienst züchtigt er die Itōnen, d. h. jedenfalls die Bewohner des thessalischen Itōnos, wo er auch mit dem gewaltigen Kyknos kämpft, ebenso die an den Thermopylen heimischen schlauen Diebe, die Kerkōpen, und den Syleus (Räuber) am Pelion. Sein und der Omphale Sohn Lamios oder Lamos aber ist der Eponymos des nicht weit nördlich von Trachis gelegenen

Lamia. Vielleicht erst nachdem die Sage nach Lydien verlegt war, dichtete man hinzu, Herakles habe als Magd verkleidet am Spinnrocken gearbeitet, Omphale aber sich mit Löwenfell und Keule geschmückt.

Mit diesen Sagen unmittelbar verknüpft und, da sie § 146
im benachbarten Aetolien spielen, wahrscheinlich auch ursprünglich verbunden ist die Werbung des H. um Deïáneira (Mannsvertilgerin), die Tochter des Königs Oineus (Weinhold), im weinreichen Kalydon, um deren Besitz er (wahrscheinlich als ein Vertreter der Kultur) mit dem wilden Flußgott Achelōos kämpfen muß. Dieser erscheint bald als natürlicher Fluß, bald als Stier und bald als Mensch mit Stierhaupt. Erst als ihm H. ein Horn abbricht, erklärt er sich für besiegt und bietet, um dasselbe zurück zu erhalten, dafür das Horn der Ziege Amaltheia, d. h. das Horn des Ueberflusses, dem Nahrung und Segen entströmt. Dieses Horn eignet jedoch dem Herakles eigentlich als dem Spender von Fruchtbarkeit, in welcher Eigenschaft er besonders auf dem Lande viel verehrt wurde. Ein Gegenstück zu dem Kampf mit dem Flußgott bildet der gewöhnlich mit dem Hesperidenabenteuer in Zusammenhang gebrachte Ringkampf mit dem Halios Geron, dem Meergreis, der später Nereus oder Triton genannt wird.

Auf der Rückreise nach Trachis tötet er den Kentauren § 147
Nessos (Gegenbild des Kentaurenkampfes auf der Pholoë), als dieser die auf seinem Rücken den Fluß Euēnos überschreitende Deïáneira zu vergewaltigen versucht. Sterbend rät ihr der Kentaur, das seiner Wunde entströmende Blut, welches Liebeszauber wirke, aufzufangen und mit sich zu nehmen. Sie bestreicht damit später ein Gewand, als sie hört, daß H. nach der Eroberung von Oichalia die schöne

Jole zur Gefangenen gemacht hat, und übersendet es ihrem heimkehrenden Gatten. Doch kaum hat es H. angelegt, als das Nessosgift seinen Körper durchdringt. Im Zorn über die ihm bereiteten Qualen schleudert er den Ueberbringer Lichas ins Meer, ist aber nicht imstande, das seinen Gliedern anhaftende Gewand wieder loszureißen. Deïáneira tötet sich aus Verzweiflung selbst, H. aber vermählt die Jole mit seinem Sohne Hyllos, besteigt einen auf dem Gipfel des Oita errichteten Scheiterhaufen und bestimmt durch Uebergabe seines Bogens und seiner Pfeile den Poias, den Vater des Philoktētes, oder diesen selbst dazu, den Feuerbrand daran zu legen. Unter Blitz und Donner steigt er darauf, durch die Flamme gereinigt, zum Himmel empor und wird nun den Göttern gleich.

§ 148 Nach einer Stelle der Ilias und eigentlich auch in der Odyssee, wo allerdings nach vermittelnder Anschauung eines späteren Bearbeiters nur sein Scheinbild auftritt, fand sich anderwärts die Vorstellung, daß auch H. nach Schicksalsbestimmung und infolge des Zornes der Hera wirklich gestorben sei und in der Unterwelt weile.

Seinem ganzen Wesen nach erscheint H. später als Idealbild des streitbaren adligen dorischen Mannes; auch mag er in manchen Teilen seiner Sage geradezu der Vertreter des dorischen Stammes, der ihn besonders hoch verehrte, in seinen Wanderungen und Kämpfen sein.

§ 149 Das älteste genauer bekannte Kultbild des Herakles ist das von Erythrai, wo er wie andere Heroen als Heilgott durch Traumorakel wirkte (§ 4). Nach Münzen, auf denen es nachgebildet ist, stand H. dort ohne Löwenfell, in der erhobenen Rechten eine Keule, in der Linken eine Lanze (oder Stange?) auf einem Floße. Nackt ist er ebenso auf den übrigen ältesten Denkmälern dargestellt; später trägt er auch volle Rüstung und kurzen Leibrock, bis der Typus mit dem Löwenfell, wahrscheinlich unter dem Einfluß phönikischer Vorbilder im Anschluß an den Sonnengott und Stadtkönig von Tyros Melqart, mit dem er später vielfach gleichgesetzt wurde, etwa um 600 v. Chr. von Cypern und Rhodos aus zur Herrschaft gelangte. Haar und Bart ist gewöhnlich kurz geschnitten, seltener erscheint er in älterer Zeit unbärtig. Seit dem Beginn des 4. Jahrhunderts wird er wieder regelmäßig ganz nackt gebildet; das Löwenfell trägt er dann auf dem linken Arm, in der Rechten die Keule. Tiefen seelischen Ausdruck giebt ihm Praxiteles, Lysippos die bewegte, sich in den Hüften wiegende Stellung; auch geht auf diesen jedenfalls der Typus des ermüdet ruhenden H. zurück, wie er uns besonders im sogenannten „farnesischen H." zu Neapel erhalten ist. Bei der Darstellung seiner Thaten führt H. in älterer Zeit ebenso wie nach der Erzählung der Ilias gewöhnlich den Bogen als Waffe, seltener und zwar hauptsächlich auf Werken jonischen Ursprungs die Keule, auf solchen aus der Peloponnes das Schwert, das er auch nach der Odyssee neben dem Bogen trägt.

VI. Theseus.

Das den Poseidon verehrende Handelsvolk der Jonier § 150
hatte seine Hauptsitze auf Euboia, der Ostküste von Attika und Argolis und den Inseln, welche die Verbindung mit den jonischen Kolonien an der Küste von Kleinasien herstellen. In Athen drang es vom Osten und Süden aus ein; deshalb ist J o n, der mythische Stammvater der Jonier, in Athen eigentlich ein Fremdling, der nur durch seine Mutter K r e ū s a, die Tochter des Erechtheus, mit der ein-

geborenen Herrscherfamilie des Kekrops[1]) verbunden wird. Ursprünglicher als dieser kultlose Stammvater der Jonier ist der gleichfalls spezifisch jonische Thēseus, der, wie Herakles bei den Doriern, schlechthin als Idealbild des jonischen Helden entwickelt worden ist. Seine eigentliche Heimat ist Troizen in Argolis, das wahrscheinlich als ein uralter Mittelpunkt der jonischen Stammesvereinigung betrachtet werden muß, da sich auf der vorliegenden Insel Kalauria der als Bundesheiligtum einer altjonischen Amphiktyonie[2]) geltende Tempel des Poseidon befand.

§ 151 Eben dieser Poseidon oder König Aigeus von Athen, der aber selbst auch nur ein aus einem Beinamen hervorgegangener Vertreter dieses Gottes ist, gilt als sein Vater. Seine Mutter ist Aithra, die Tochter des Königs Pittheus von Troizen. Bevor Aigeus von ihr scheidet und nach Athen zurückkehrt, verbirgt er sein Schwert und seine Riemensohlen unter einem schweren Felsen mit dem Auftrag, ihm seinen Sohn zuzusenden, sobald er diesen heben könne. Zum Jüngling herangewachsen, wandert Thēseus mit diesen Erkennungszeichen über den Isthmos, um seinen Vater aufzusuchen. Unterwegs erschlägt er mehrere Räuber: den Keulenschwinger Periphētes, den Fichtenbeuger Sinis, den auf einem steilen Paß des Isthmos hausenden und die Wanderer ins Meer hinabstürzenden Skiron, den Ringkämpfer Kerkyón und den Riesen Damástes, der die Fremden auf einem Bette folterte, daher er auch Polypēmon (Schädiger) oder Prokrústes (Strecker) genannt wurde. Außerdem überwältigt er die Wildsau von Krommyon.

§ 152 Inzwischen hat Aigeus die Zauberin Médeia geheiratet.

[1]) Vergl. Sammlung Göschen Nro. 16 Griechische Altertumskunde S. 123.
[2]) Ebendaselbst § 65.

Als Thēseus in Athen ankommt, will ihn diese vergiften; er wird aber gerettet, da ihn sein Vater an dem mitgebrachten Schwerte erkennt. Nun schlägt er den riesenhaften Pallas und seine gewaltigen Söhne, die sich gegen Aigeus empören; dann bändigt er den von Herakles freigelassenen kretischen Stier, der von Mykene bis Marathon gelaufen ist. Eigentlich ist dieses Abenteuer aber wohl nur eine jüngere Nebenform seines Kampfes mit dem stierköpfigen Minotauros, der in der gewöhnlichen Darstellung hierauf folgt.

Androgeos, ein Sohn des Königs Minos von Kreta, § 153
war nämlich von den Athenern erschlagen worden. Zur Sühne für diesen Mord mußten sie alle neun Jahre sieben Knaben und sieben Mädchen nach Knōsos senden, die dem in das Labyrinth eingeschlossenen Minotauros zum Fraße dienten. Dieser war der als Mensch mit Stierkopf gebildete Sohn der in Kreta und Lakonien viel verehrten Pasiphaë, einer der Aphrodite nahestehenden Göttin, welche die Heldensage zur Gattin des Königs Minos von Kreta gemacht hat, und des sogenannten kretischen Stieres, d. h. des gortynischen stiergestaltigen Sonnengottes Zeus Asterios, dem auch Minos selbst wahrscheinlich gleichgesetzt werden muß (vergl. § 123). Thēseus, der freiwillig die Opfer begleitet, erhält in Kreta angekommen von Ariadne, einer Tochter des Minos, die ihn liebgewinnt, einen Garnknäuel und den Rat, das eine Ende des Fadens am Eingang des Labyrinths zu befestigen, damit er sich wieder aus den zahllosen verschlungenen Gängen desselben herausfinde. Nachdem er nun den Minotauros getötet, führt er die geretteten Opfer, zugleich aber auch Ariadne selbst heimlich aus Knosos hinweg und landet mit ihnen auf der nahen Insel Dia oder auf Naxos. Hier bleibt Ariadne zurück und wird nach der einen, wohl älteren Sagenform

von Artemis getötet, weil sie schon vorher mit Dionysos verbunden gewesen ist und diesem den Sterblichen vorgezogen hat; nach der später gültigen Anschauung vermählt sie sich mit dem auf Naxos viel verehrten Dionysos, nachdem Thēseus sie heimlich verlassen hat.

154 Bei der Ausfahrt aus Athen hat dieser seinem Vater versprochen, falls sein Unternehmen glücklich ablaufe, das schwarze Trauersegel des Schiffes durch ein weißes zu ersetzen. Da er dies aber vergessen, stürzt sich Aigeus beim Nahen des Schiffes von einem Felsen der Akropolis herab oder in das Meer, das nach ihm den Namen des Aegëischen erhält. Später wurde er als Heros in Athen verehrt; zum Andenken an seine glückliche Rückkehr aber stiftete Thēseus das Erntefest der Pyanópsia (Bohnenfest) und das Weinlesefest Oschophória (Weinrankenumtragung). Als Herrscher vereinigt er nun zwölf einzelne Ortschaften zu dem Gesamtstaate Athen am Südfuß der alten Akropolis, ein Ereignis, das durch die Feier der alten Synoikia (Wohnungsvereinigung) im Gedächtnis des Volkes fortlebte und ihm wohl seinen Namen Θησεύς, der Gründer (vgl. θής, θῆσαι und τιθέναι) gegeben hat.

155 Ebenso wie Bellerophon, Herakles und Achilleus kämpft auch Thēseus gegen die Amazonen und zwar entweder als ein Begleiter des Herakles oder bei einem Einfall, den die Amazonen in Attika machen. Er gewinnt dabei die Liebe der von ihm besiegten Antiŏpe oder Hippolyte (vgl. Achilleus und Penthesileia), vermählt sich und zeugt mit ihr den Hippolytos (Rosseausspanner), einen in Troizen und Sparta verehrten Heros. Später verliebt sich seine Stiefmutter Phaidra (die Leuchtende, eine der Aphrodite verwandte Göttin), welche Thēseus nach der Amazone Tod geheiratet hat, in den keuschen Jüngling und veranlaßt, da

sie von ihm zurückgewiesen wird, durch falsche Anschuldigung seinen Untergang.

§ 156 In dem zu den altjonischen Vierstädten Attikas gehörigen Marathon, dem Schauplatz des Stierkampfes, trifft Thēseus mit dem thessalischen Peiríthoos (der Erdumläufer), dem Könige der den Phlegyern und Minyern verwandten Lapithen (Steinmänner), zusammen, schließt mit ihm enge Freundschaft und bekämpft an seiner Seite, wie schon in der Ilias an einer allerdings viel bestrittenen Stelle erwähnt wird, bei dessen Hochzeit mit Hippodameia oder Deïdameia die wilden Kentauren des Peliongebirges, als sich diese in der Trunkenheit an den Frauen vergreifen — eine Scene, die in der ersten Hälfte des 5. Jahrhunderts v. Chr. von der Kunst vielfach, besonders aber an den Metopen des Parthenon und in der Westgiebelgruppe des Zeustempels zu Olympia behandelt worden ist, während früher, und zwar schon seit dem 7. Jahrhundert, Herakles regelmäßig als Gegner der Kentauren erscheint. Im Verein mit Peirithoos entführt Thēseus dann die jugendliche Helena aus Sparta und bringt sie nach der Bergfeste Aphidna (im Norden Attikas?), von wo sie später durch ihre Brüder, die Dioskuren, wieder befreit wird, während Thēseus mit seinem Freunde (nach älterer Anschauung wahrscheinlich bei Hermione) in die Unterwelt hinabsteigt, um Persephone für diesen zu rauben. Beide wachsen aber am Eingang auf einem Felsensitz fest, und nur Thēseus kann später von Herakles wieder losgerissen werden.

§ 157 Während seiner Abwesenheit hatte sich Menestheus, der auch in der Ilias Führer der Athener ist, der Herrschaft bemächtigt. Thēseus mußte deshalb nach seiner Rückkehr aus der Unterwelt die Stadt bald wieder verlassen; er ging nach der Insel Skyros und wurde hier durch König

Lykomēdes auf hinterlistige Weise ins Meer gestürzt. Später gelangten aber seine und der Phaidra Söhne Demŏphŏn und Akămas in Athen zur Herrschaft. Des Thēseus angeblich durch ein Wunderzeichen wieder entdeckte Gebeine wurden im Jahre 468 v. Chr. durch Kimon von Skyros nach Athen gebracht und in einem ihm (zwischen dem späteren Gymnasion des Ptolemaios und dem Anakeion) neu errichteten Heiligtume beigesetzt. Eigentlichen Kult genoß er aber überhaupt auch in Athen erst, seitdem zu Anfang des 5. Jahrhunderts v. Chr. der jonisch—demokratische Teil der Bevölkerung zur Herrschaft gelangt war.

§ 158 Von der Kunst ist Thēseus vielleicht schon im 9. Jahrhundert v. Chr. auf Goldplättchen, die man in einem Grabe bei Korinth gefunden hat, im Minotauroskampf und bald darauf auf dem ebenfalls aus Korinth stammenden Kasten des Kypselos neben Ariadne stehend gebildet worden. Im 6. Jahrh. erscheint außerdem der Kampf mit dem Stier und den Amazonen, sowie die Entführung der Helena; alle übrigen Abenteuer sind erst im 5. Jahrh. sicher nachweisbar. Seine Waffe ist in ältester Zeit das Schwert, und auch in Tracht und Körperbau gleicht er noch den übrigen Heroen. Später trägt er infolge der Nachbildung des Heraklestypus gewöhnlich die Keule und oft auch ein Tierfell, wird aber von diesem durch jugendliche Bartlosigkeit und größere Schlankheit unterschieden.

Jedenfalls ist Theseus eine dem böotisch—argivisch—thessalischen (dorischen) Herakles urverwandte Gestalt, die aber dem jonischen Heldenideal entsprechend entwickelt worden ist.

VII. Meleager und die kalydonische Jagd.

Des Oineus von Kalydon und der Althaia Sohn war § 159
Meleágros, ein gewaltiger Jäger. Mit vielen Genossen erlegte er einen von Artemis gesandten furchtbaren Eber, der die Felder verwüstete. Als er aber bei einem wegen Zuerkennung des Siegespreises entstandenen Kampfe einen Bruder seiner Mutter erschlagen hatte, bat diese die unterirdischen Götter, den Mord an ihrem Sohne zu rächen, und bald darauf fiel er in der Schlacht. Die nachhomerische Dichtung fügt im Anschluß an den alten Fluchbrauch des Auslöschens von Fackeln oder Lichtern hinzu, die Moiren hätten seiner Mutter verkündet, ihr Sohn werde nur so lange leben, bis ein auf dem Herde glimmendes Holzscheit vom Feuer verzehrt sei. Darauf habe sie dasselbe schnell gelöscht und aufbewahrt, nach dem Morde ihres Bruders aber durch Verbrennung des Scheites den Tod ihres Sohnes veranlaßt*).

Auch die spröde arkadisch—böotische Jägerin Atalánte, § 160
die der Jagdgöttin Artemis nahe steht, ist erst später zu Meleager in Beziehung gesetzt worden. Infolge seiner Liebe zu ihr spricht er ihr den Kopf des Ebers als Ehrenpreis zu, weil sie das Tier zuerst verwundet hat; deshalb gerät er in Streit mit seinem Oheim und findet, wie oben erzählt, seinen Tod. Atalánte aber will nur denjenigen zum Manne, der sie im Wettlauf besiegt; wer unterliegt, wird getötet. Meilanion (nach anderer Sage Hippomenes) erhält von Aphrodite drei goldene Aepfel, die er auf ihren Rat während des Laufes der Atalante hinwirft. Da sie diese aufhebt, kommt ihr jener inzwischen zuvor, so daß sie seine Gattin werden muß.

*) Eine ähnliche germanische Sage siehe Sammlung Göschen Nro. 15 Deutsche Mythologie. S. 50.

VIII. Die Argonauten.

§ 161 Die Argonautensage vereinigt die Sagen der thessalischen Stadt Jōlkós, des böotischen Orchŏmenós, die beide von dem alten Stamm der Minyer bewohnt wurden, und des seit ältester Zeit mit dem fernen Osten durch Schiffahrt verbundenen Korinth wahrscheinlich unter dem Einfluß jonischer Epiker so eng miteinander, daß der eigentliche mythische Kern derselben nicht mehr sicher zu ermitteln ist.

Jolkos ist die Heimat des Jāsōn, des Führers der Argonauten. Er ist der Sohn des Aison, steht aber unter der Vormundschaft seines Oheims Pelias und wird, wie Achilleus, Asklepios, Herakles, von dem Kentauren Cheiron auf dem nahen Pelion erzogen und in der Heilkunde unterrichtet. Während seiner Abwesenheit hatte Pelias, wie Pindar in seinem 4. pythischen Siegesgedicht singt, das Orakel erhalten:

„Vor dem Einschuh-Manne sorgsam immer und immer zu sein auf der Hut,
„Nahend hoch vom Bergesabhang, dort wo stets sonnenwarm
„Sich in den Grund einsenkt Jaolkos,
„Seis ein Fremdling, sei es ein heimischer Mann."

Da nun Jason auf seiner Rückkehr nach der Heimat beim Ueberschreiten des Flusses Anauros einen Schuh verloren hatte, so fürchtete Pelias, daß er durch ihn der Herrschaft werde beraubt werden, und sendete ihn deshalb aus, um das goldene Vließ aus Aia, dem Lande des Aiētes, herbeizuholen, in der Hoffnung, der Jüngling werde dabei umkommen. Jason versammelt eine große Anzahl Helden, baut das erste große Schiff, die Argō (die Schnelle), überwindet unter dem Schutze der Hera alle ihm drohenden Gefahren und herrscht nach seiner Rückkehr mit Medeia, der Tochter des Aiētes, vermählt in Jolkos. Letztere überredet nämlich die Töchter des Pelias, ihren Vater zu töten, indem sie verspricht, daß sie diesen wieder beleben und verjüngen werde, erfüllt ihre Zusage dann aber nicht. Nach der jüngeren, die einzelnen Züge untereinander verknüpfenden Gestalt der Sage flüchtet sie hierauf vor Pelias' Sohn Akastos mit Jason nach Korinth, während dem Ermordeten glänzende Leichenspiele gefeiert werden. § 162

Nur eine Tochter des Pelias, Alkēstis, hat nicht an der Ermordung des Vaters teilgenommen. Sie stirbt später freiwillig für ihren Gatten Admētos, den König von Pherai, da dieser nach dem Willen der Moiren durch den Opfertod eines anderen gerettet werden kann, wird dann aber von Herakles dem Tode wieder abgerungen.

In Orchomenos scheint sich dagegen der Mythos vom § 163
goldenen Vließ hauptsächlich entwickelt zu haben. König Athămas, der freilich auch zu dem athamantischen Gefilde bei Halos in der thessalischen Phthiotis in naher Beziehung steht, hat von Nephéle (Wolke) die Kinder Phrixos und Helle. Auf Veranstaltung seiner zweiten Gemahlin Ino soll Phrixos zur Beseitigung der Unfruchtbarkeit des Landes dem Zeus Laphystios geopfert werden; Nephele aber entführt ihre Kinder durch die Luft auf einem von Hermes geschenkten Widder mit goldenem Felle. Helle stürzt dabei in den nach ihr benannten Meeresarm, während Phrixos glücklich nach Aia, dem bald nach dem Osten, bald nach dem Westen verlegten Lichtlande des Sonnenauf- und -untergangs, kommt und den Widder nun an seiner Stelle dem Zeus Laphystios opfert. Sein goldenes Vließ hängt er im Haine des Ares auf, wo es von einem Drachen bewacht wird.

Die Opferung und Errettung des Phrixos dürfte aus

einem im Kulte des Zeus Laphystios gebräuchlichen Menschenopfer, welches später durch das eines Widders ersetzt wurde, entstanden sein, ein Vorgang, wie er auch der Iphigeniensage zu Grunde liegen mag. Die Helle betreffende Erzählung ist vielleicht nur zur Erklärung des Namens Hellespontos angeknüpft worden.

§ 164 Nach Korinth gehört endlich die Medeiasage und die weitere Ausgestaltung des Zuges der Argonauten, als dessen Ziel hier das östlichste den korinthischen Seefahrern bekannte Land Kolchis bezeichnet wird. Aiëtes, der Sohn des Helios und der Perse, der Eponymos von Aia, gilt auch als Herrscher von Korinth, auf dessen Burg Ephyra oder Akrokorinth Helios einen Hauptsitz seines Kultus hatte, sollte dann aber nach Kolchis ausgewandert sein. Als Jason die Rückgabe des goldenen Vließes von ihm forderte, erklärte er sich dazu bereit, wenn dieser zuvor zwei feuerschnaubende Stiere mit ehernen Füßen unter das Joch beuge und mit ihnen das Feld des Ares pflüge. Medeia, die (gleich Ariadne) von Liebe für den fremden Helden entbrannt ist, schützt ihn durch eine Zaubersalbe vor der Wirkung des Feuers und hilft ihm dann auch bei der Ueberwältigung
§ 165 des Drachen, der das Vließ bewacht. Hierauf besteigt sie mit den Argonauten das Schiff, führt aber zugleich ihren jugendlichen Bruder Apsyrtos mit sich fort; als sie nun von Aiëtes verfolgt werden, tötet sie jenen und wirft seine Glieder einzeln ins Meer, damit ihr Vater durch das Aufsuchen derselben aufgehalten werde. Auf abenteuerreicher Fahrt, die später bei Ausbreitung der geographischen Kenntnisse nach Norden und Westen hin immer weiter ausgedehnt wurde, gelangen sie nach Korinth (oder nach Jolkos zurück), wo sie die Herrschaft gewinnen. Als Jason aber später Medeia verstößt, um die Tochter des Königs Kreon zu heiraten, tötet Medeia diesen

samt seiner Tochter durch ein vergiftetes Zaubergewand und flieht nach Ermordung ihrer eigenen beiden Kinder auf einem Drachenwagen nach Athen, wo sie Aigeus heiratet. In Folge ihres mißglückten Mordanschlags gegen Theseus kehrt sie in ihre Heimat nach Asien zurück. — Medeia ist das mythische Vorbild aller hilfreichen Feen und schlimmen Zauberinnen, Jāson (der Heilende) aber mag ein in Jolkos heimischer, heilkundiger Ortsheros sein.

An diesen Kern der Argonautensage hat man später eine ganze Reihe von Lokalsagen und Schiffermärchen angeknüpft und immer mehr Helden als Teilnehmer an der Fahrt bezeichnet. Bei Chalkedon am Bosporos sollte Polydeukes den Riesen Amy̆kos (Zerfleischer), der den Seefahrern den Zutritt zu einer Quelle wehrte, im Faustkampf überwunden haben; an der andern Seite des Bosporos treffen die Argonauten den blinden König Phineus, der durch die Harpyien gequält wird. Sobald er sich nämlich zum Mahle setzt, kommen diese herbei und rauben oder beschmutzen die Speisen. Jetzt werden sie von Zetes und Kalaïs, den Söhnen des Boreas, verfolgt und für immer vertrieben (vgl. die Stymphaliden). Zum Dank dafür lehrt Phineus seine Befreier die weiteren Gefahren der Seefahrt vermeiden; insbesondere gelangen sie so glücklich durch die alles zwischen sich zermalmenden Felsen der Symplēgáden (die Zusammenschlagenden; Weiterbildung der homerischen Plankten), die nunmehr am Eingang des Bosporos fest stehen bleiben. Bei dem Abenteuer in Kolchis selbst wird das Säen der Drachenzähne von Kadmos auf Jason übertragen. § 166

IX. Der thebanische Sagenkreis.

§ 167 In den zum thebanischen Sagenkreis (Kyklos) verknüpften Sagen tritt als durchgehender Grundgedanke die Lehre hervor, daß der Mensch weder durch Klugheit noch durch Macht und Kraft imstande ist, dem Willen und der Bestimmung der Götter entgegen seine eigenen Pläne durchzuführen. Vielmehr muß gerade die Vorsicht, die den durch Orakel oder andere Zeichen verkündeten Ratschluß der Götter zu nichte zu machen strebt, selbst zur Vollendung des göttlichen Willens mitwirken. Am einfachsten zeigt sich dies in dem in der Thebais dargestellten Zug der Sieben gegen Theben, dessen jüngeres Gegenbild derjenige der Epigonen (Nachkommen) ist; in verschlungener Weise in der die Vorgeschichte dieses Kampfes enthaltenden Oidipodeia, welche den wahrscheinlich ältesten Teil der ganzen Sage bereits in frühhomerischer Zeit behandelt hatte. Die den Abschluß bildende Alkmaionis aus dem Anfang des 6. Jahrhunderts v. Chr. schilderte endlich die Verwandtenmord rächende Strafgewalt der Gottheit. In der erhaltenen Thebais des römischen Dichters Statius sind die Hauptgedanken aller dieser verlorenen Epen zusammengefaßt. Noch weiter vom rein sittlichen Gesichtspunkte wird diese Sagengruppe aber in der attischen Tragödie ausgebildet; noch vorhanden sind davon: die Sieben gegen Theben des Aischylos, die beiden Oidipus und die Antigone des Sophokles, sowie die Phoinissai des Euripides.

§ 168 Láios, der Sohn des Lábdăkos, soll nach göttlichem Ratschluß der letzte König von Theben aus des Kadmos Geschlecht sein. Deshalb erhält er vom Orakel zu Delphoi den Spruch: „Wenn er einen Sohn zeuge, so werde ihn dieser ermorden und seine Mutter heiraten.“ Als ihm seine Gattin

Jokaste, die im Epos Epikaste genannt wird, die Schwester des letzten Sparten Kreon, dennoch einen Sohn gebiert, durchsticht er ihm die Füße, bindet sie zusammen und läßt ihn auf dem nahen Gebirge, dem Kithairon, aussetzen, um so die Erfüllung des Spruches durch Tötung seines Kindes unmöglich zu machen. Es wird jedoch von einem Hirten aufgefunden, zu König Polybos nach Sekyon oder Korinth gebracht und von ihm Oidipus, d. h. Schwellfuß, genannt. Herangewachsen befragt dieser das Orakel zu Delphoi nach seiner eigentlichen Herkunft, erhält aber nur den Unheil drohenden Spruch als Antwort:

„Der Mutter müss' er nahen, ein Geschlecht erziehn,
„Dem Blick der Menschen unerträglich anzuschaun,
„Und Mörder seines Vaters sein, der ihn gezeugt."

Um die Drohung unwirksam zu machen, kehrt er nicht nach Korinth zurück, doch noch nahe bei Delphoi trifft er bereits auf einem Kreuzweg mit seinem Vater Laios zusammen, und da er von ihm beleidigt wird, erschlägt er ihn, ohne ihn zu erkennen.

Inzwischen ist Theben in eine schwere Bedrängnis ge- § 169
raten. Die Sphinx (Würgerin), ein aus dem Oberkörper einer geflügelten Jungfrau und dem Unterkörper eines schlangenschwänzigen Löwen zusammengesetztes Ungeheuer, das wohl eigentlich ein alpartiges Seelenwesen ist, wenn man es auch später ganz mit dem ähnlich gebildeten ägyptisch-babylonischen Sinnbild der Macht und Schnelligkeit vermischt hat, haust auf einem Berge in der Nähe der Stadt und legt jedem Vorüberkommenden das Rätsel vor: „Wer geht morgens auf vier, mittags auf zwei und abends auf drei Beinen?" Alle, die es nicht erraten, hat sie getötet, darunter auch, nach älterer Sage, Haimon, den Sohn des Kreon, der nach seines

Schwagers Laios Tod die Herrschaft in Theben führt. Dieser setzt jetzt für die Befreiung von jener Plage die Hand der Königin und die Herrschaft über Theben als Preis aus. Oidipus deutet das Rätsel richtig auf den Menschen und wird nun König in seiner Vaterstadt, zugleich aber auch Gatte seiner Mutter. Nach dem älteren Epos machten die Götter diesen Frevel kurze Zeit darauf bekannt; Epikaste tötete sich selbst, und Oidipus blendete sich, erhielt dann aber noch von einer zweiten Frau Euryganeia die Söhne Eteokles und Polyneikes, so wie die beiden Töchter Antigŏne und Ismēne. Das jüngere Epos und die Tragiker erwähnen keine zweite Ehe des Oidipus, machen diese alle vielmehr zu Kindern der Jokaste selbst. Seine Schuld kommt bei ihnen erst infolge seiner eignen Verblendung durch den Seher Teiresias an den Tag.

Wegen unbedeutender Schuld belegt Oidipus später seine Söhne mit dem Fluche, daß sie das Erbe mit des Schwertes Schärfe teilen sollen. Er selbst stirbt in Theben oder, nach attischer Darstellung, in der Verbannung im Heiligtum der Semnai zu Kolōnos bei Athen unter dem Schutze des Theseus.

§ 171 Eteokles und Polyneikes geraten bei Teilung des Erbes und der Herrschaft in Streit, worauf sich letzterer zu Adrastos, dem König von Argos und Sekyon, flüchtet. Als dessen Eidam rüstet er einen Heereszug gegen seinen Bruder; Adrastos selbst übernimmt die Führung. Sein Schwager, der Aitoler Tydeus, der eberkühne Sohn des Oineus von Kalydon, die Brüder des Adrastos, Hippomĕdon und Parthenopaios, der gewaltige Kăpăneus und der tapfere Seher Amphiarāos, der Schwager des Adrastos, unterstützen ihn. Letzterer sieht zwar voraus, daß er bei dem Zuge umkommen

werde, wird aber dennoch durch seine von Polyneikes mittels
eines prachtvollen, aber dem Besitzer Verderben bringenden
Halsbandes bestochene Frau Eriphyle zur Teilnahme veranlaßt. Deshalb trug er seinem Sohne Alkmaion (der Starke)
auf, sobald er herangewachsen sei, seinen Tod an seiner Mutter
zu rächen. Trotz aller Unheil verkündenden Zeichen rücken § 172
die Sieben, auf die eigene Macht vertrauend, gegen Theben
vor und berennen die sieben Thore der Stadt. Kapaneus
hat bereits die Mauer erstiegen, da schmettert ihn der Blitz
des Zeus wieder hinab. Die beiden Brüder Eteokles und
Polyneikes töten sich gegenseitig im Zweikampf, doch mit
furchtbarer Wut wird weiter gekämpft; ja Tydeus zerreißt
sterbend das Haupt des gefallenen Gegners mit den Zähnen
und schlürft das Gehirn aus dem gespaltenen Schädel. Amphiaraos versinkt lebend nahe bei Theben mit seinem Wagen
in eine Erdspalte, die Zeus durch einen Blitzschlag vor ihm
eröffnet. Hier waltete er nun als ein durch Träume Orakel
spendender Geist, wie er auch an anderen Orten, und zwar
besonders bei Oropos im Bezirk von Psophis, wo sein Tempel-
bezirk samt seinem Heilquell neuerdings wieder aufgedeckt worden
ist, hoch verehrt wurde (vgl. § 4).

Von den Sieben entkam (nach jüngerer Darstellung) § 173
Adrastos, durch sein schnelles Schlachtroß Areion gerettet. Von
ihm überredet, oder (nach attischer Sage) von Theseus gezwungen, lieferten die Thebaner die Gefallenen zur Bestattung
aus. Aischylos und Sophokles knüpften hieran noch den
Untergang der Antigone an. Nach ihnen sollte Polyneikes
als Feind des Vaterlandes unbestattet bleiben. Seine Schwester
Antigone aber trug ihn gegen diesen Befehl auf den Scheiterhaufen des Eteokles, oder sie bedeckte ihn wenigstens mit Erde.
Von den aufgestellten Wächtern ergriffen, wurde sie für diese

von der geschwisterlichen Liebe und dem göttlichen Gesetze geforderte That mit dem Tode bestraft.

§ 174 Zehn Jahre später ziehen die Söhne der gefallenen Helden (die Epigónen), jetzt von der Gunst der Götter geleitet, gegen Theben, erobern und zerstören es und setzen Thersandros, den Sohn des Polyneikes, als Herrscher ein. Der ganze Zug aber ist von der späteren Dichtung völlig als Gegenbild des ersten ausgestaltet worden. Alkmaion, der Anführer des Heeres, vollzieht vor dem Auszug den Auftrag seines Vaters und ermordet, um ihn zu rächen, seine Mutter. Obgleich aber Apollon selbst seine Zustimmung dazu erteilt hat, wird er wie Orestes von den Erinyen verfolgt, bis er nach langen Irrfahrten auf dem eben erst aus dem Meere aufgestiegenen und deshalb durch seinen Muttermord noch nicht entweihten Acheloos-Eiland in Akarnanien endlich Ruhe findet.

X. Der achaiisch—troische Sagenkreis.

§ 175 Durch die seit dem Jahre 1871 veranstalteten Ausgrabungen des um die Altertumsforschung hochverdienten H. Schliemann und seines trefflichen Mitarbeiters W. Dörpfeld ist höchst wahrscheinlich geworden, daß der in Homers Ilias geschilderten Belagerung von Troja wirklich ein vorgeschichtliches Ereignis zu Grunde liegt. Auf dem Hügel von Hissarlik in der von Homer geschilderten Ebene der Troas, auf welchem auch das spätere Ilion lag, erhob sich über den Resten von fünf älteren Anlagen eine mächtige Burg mit 5 m starken Ringmauern aus großen Kalksteinplatten. Sie hatte vier Thore und eine Pforte im Nordostturm; auf der Ostseite befanden sich drei Türme, von denen einer das Thor schützte, einer einen Brunnen einschloß. An der Innenseite der Mauer lief ein mit Magazinen überbauter Streifen hin, dessen Dach wahrscheinlich einen Wehrgang bildete. Weiter einwärts stieg die Burg terrassenförmig an; die Hauptstraßen waren in der Mitte mit Gipsestrich belegt, auch finden sich Entwässerungskanäle und ausgemauerte Brunnen. Die ganze Anlage aber scheint auf einmal durch einen gewaltigen Brand zerstört worden zu sein. In dieser sechsten Schichte sind nun überall mit der einheimischen Topfware Scherben sicher in Mykenai gefertigter Gefäße, besonders auch der dieser Stadt eigentümlichen Bügelkannen, vermischt, so daß nicht nur die Gleichzeitigkeit dieser Schichte mit der Blüte von Mykenai (ca. 1400 bis 1200 v. Chr.), sondern auch der Handelsverkehr beider Städte mit einander erwiesen wird. Unter diesen Umständen kann die in späterer Zeit allgemein geglaubte Ansetzung der Zerstörung von Troja auf das Jahr 1184 v. Chr. trotz der unzureichenden Gründe, aus denen sie hervorgegangen sein mag, nahezu der Wirklichkeit entsprechen.

Der gesamte Sagenstoff war in folgenden, sich um die Ilias § 176
und die Odyssee gruppierenden selbständigen Epen behandelt: 1) Die Kypria eines kyprischen Dichters, vielleicht des Stasīnos, nach Vollendung der in die Ilias eingeschobenen Zusätze entstanden. 2) Die Ilias des Homeros, wahrscheinlich um 900 v. Chr. 3) Die Aithiopis des Arktīnos aus Milet, etwa um 750 v. Chr. 4) Die kleine Ilias des Lesbiers Lesches, aus der ersten Hälfte des 7. Jahrhunderts. 5) Die Zerstörung von Ilios (Ἰλίου πέρσις), wiederum von Arktīnos. 6) Die Heimfahrten (Νόστοι) des Agias aus Troizen, später als Arktīnos und die Odyssee. 7) Die Odyssee, etwa um 800 v. Chr. 8) Die Telegonie des Eugammon aus Kyrene, um 570 v.
Chr. — **Erhalten sind, von Bruchstücken und dürftigen Aus-** § 177
zügen abgesehen, nur die schon von den Alten als herrlichste

Blüten im Kranze der epischen Dichtung erkannten Hauptwerke, die Ilias und die Odyssee. Diese hat man früher beide dem einzigen, alles andere überragenden Dichtergenius Homers zugeschrieben, obwohl die große Verschiedenheit, die sich ebenso in den geschilderten sozialen Verhältnissen wie in der religiösen Auffassung zeigt, wenigstens für die uns vorliegende Gestalt dieser Dichtungen mit Notwendigkeit auf verschiedene Verfasser schließen läßt. Sieben Städte stritten um die Ehre, Homer als ihren Mitbürger in Anspruch nehmen zu dürfen; Smyrna, das unter ihnen zuerst genannt wird, scheint das beste Recht dazu zu besitzen, denn aus der Ilias selbst geht hervor, daß der Dichter wahrscheinlich das Gebiet des Hermosunterlaufs kannte. In ihrer ursprünglichen Anlage brachte sie nur den verhängnisvollen Streit zwischen Achilleus und Agamemnon zur Darstellung. In dieses älteste, den Kern des gesamten troischen Kreises bildende Epos, das die Keime zu allen übrigen Gedichten desselben enthält, sind zwar später vielerlei Einschaltungen gemacht, und dabei ist auch wohl das Ganze überarbeitet worden; dennoch ist selbst in der gegenwärtigen Gestalt der zu Grunde liegende, geradezu dramatisch geformte Plan so klar ersichtlich, daß an der bewußten Gestaltung desselben durch einen einzigen Dichter nicht gezweifelt werden kann.

§ 178 Dem sogenannten einleitenden Accord des Dramas entsprechend, beginnt die Ilias mit der Schilderung der von Apollon im zehnten Jahre nach Beginn der Belagerung Trojas wegen Beleidigung seines Priesters Chryses im Heere der Griechen erregten Pest. Wie der Hochmut des Oberfeldherrn Agamemnon im Verlauf der Haupthandlung die schweren Verluste und Niederlagen der Griechen verschuldet, so hat er diesen Zorn des Apollon durch die Weigerung veranlaßt, die

dem Priester desselben entführte Tochter dem bittenden Vater zurückzugeben. Hieran knüpft sofort das „erregende Moment" an: Achilleus, der herrlichste Held im Lager der Griechen, fordert im Namen des dahinsiechenden Heeres von Agamemnon die Auslieferung der Chryseïs. So wird der Knoten geschürzt: Agamemnon bewilligt zwar seine Forderung, nimmt ihm aber selbst dafür die Briseïs weg, die Achill als Ehrengeschenk vom Heere erhalten hat. Dieser zieht sich hierauf zürnend vom Kampfe zurück, und auf sein Flehen bittet seine Mutter Thetis den Schlachtenlenker Zeus, den Troern so lange Sieg zu gewähren, bis ihr Sohn volle Genugthuung erhalten habe. Im 2. bis 7. Buch geht die erste Steigerung, § 179
und zwar im Gegenspiel, vor sich. Zuerst versucht Agamemnon das Ende des Krieges ohne Achill durch einen Zweikampf des Paris, des Entführers der Helena, und ihres rechtmäßigen Gatten Menelaos herbeizuführen; ersterer wird besiegt, von Aphrodite gerettet, der Vertrag aber durch einen verräterischen Pfeilschuß des Troers Pandăros sofort wieder gebrochen. Nun dringen die Achaier vor, wobei sich Diomedes, der Sohn des Tydeus und Herrscher von Argos, der im besonderen Schutze der Athena steht, und Aias, der Sohn des Tĕlămōn von Salamis, nächst Achill der Tapferste unter den griechischen Helden, durch Einzelkämpfe auszeichnen. Als sich Agamemnon so bereits dem Siege über Troja und damit auch über seinen Gegner Achill nahe wähnt, verbietet Zeus in Berücksichtigung des der Thetis gegebenen Versprechens den Göttern die weitere Teilnahme am Streite. Die Griechen werden infolgedessen ins Lager zurückgedrängt, womit die zweite Steigerung, und zwar nunmehr im Spiel (Buch 8—12), eintritt.

Um Achill gegenüber nicht zum Nachgeben gezwungen § 180

zu werden, macht Agamemnon, ursprünglich wohl ernstlich, den Vorschlag, die Belagerung ganz aufzuheben. Doch Diomedes und der alte Nestor, der Beherrscher des messenischen und triphylischen Pylos, der sich vor allen anderen Heerführern durch Weisheit und Beredsamkeit auszeichnet, treten ihm hindernd entgegen. Die Griechen versuchen es daher noch einmal, im offenen Kampfe zu siegen, erleiden aber eine völlige Niederlage, und Agamemnon selbst wird wie die meisten anderen Helden verwundet.

Den Höhepunkt der Handlung und den scheinbar nahe bevorstehenden Sieg des dramatischen Helden, d. h. des Achilleus, bezeichnet der Kampf um die Schiffe (Buch 13 bis 15). Hektor, der tapferste Sohn des Königs Priamos von Troja, und Apollon dringen in das griechische Lager ein und legen Feuer an die Schiffe, wodurch der Untergang des ganzen Heeres fast unabwendbar wird. Da in der höchsten Not erfolgt der Umschlag (Peripetie), und zwar durch ein Schwanken des Achilleus selbst. Seinem Entschluß zur Hälfte entsagend, sendet er seinen Freund Patroklos in seiner eignen Rüstung an der Spitze seiner Myrmidónen den Bedrängten zu Hilfe. Sie werfen die Feinde aus dem Lager hinaus; als Patroklos aber gegen seines Freundes Befehl die Troer verfolgt, wird
§ 181 er von Hektor getötet (Buch 16). Hiermit beginnt die fallende Handlung (Buch 17 bis 21). Das Moment der letzten Spannung bildet die Rückgabe der Briseïs an Achill und die Demütigung Agamemnons. Doch ist jetzt Achills Sieg nur ein Scheinsieg, wie er auch selbst vollkommen erkennt. Denn nun hat auch er, der Held selbst, die Schuld des Uebermuts (ὕβρις) auf sich geladen, indem er wegen der ihm persönlich von Agamemnon zugefügten Beleidigung den Untergang seines Volkes zu lange unthätig mit angesehen hat. Diese seine

Schuld veranlaßt den Tod des Patroklos und damit die Katastrophe (Buch 22): Achill tötet, nachdem er durch seine Mutter von Hephaistos neue Waffen erhalten hat, den Hektor, obwohl er sicher weiß, daß er selbst kurz nach Erlegung dieses Feindes sterben muß, und der auf den Tod verwundete Hektor selbst erinnert ihn an dieses sein nun sicher hereinbrechendes Verhängnis. Die Handlung klingt aus in Patroklos' und Hektors Bestattung und der Klage Achills um den Verlust des Freundes, bei der er sich selbst zum unmittelbar bevorstehenden Tode vorbereitet, sodaß dieser für Homer nur gewissermaßen hinter den Coulissen erfolgt.

Die Odyssee, welche allen die Heimkehr der troischen § 182
Helden schildernden Dichtern zum Muster diente, ist sicherlich ebenfalls nach einheitlichem Plane angelegt und dann erst durch Einschaltungen erweitert worden. Zu diesen gehört neben dem größeren Teile des letzten Buches und dem zwar spät eingeschobenen, selbst aber vielleicht sehr alten, die Fahrt des Odysseus in die Unterwelt schildernden Liede (Buch 11) besonders die ganze Telemachie (Buch 1—4), in welcher des Tēlĕmăchos Reise nach Pylos und Lakonien beschrieben wird. Um Kundschaft über den Aufenthalt seines seit nahezu zwanzig Jahren abwesenden Vaters einzuziehen, sucht er den alten Nestor und dann Menelaos auf. Beide erzählen ihm von ihrer und der übrigen Helden Heimkehr; auch erfährt er von letzterem, daß sein Vater auf der Insel der Nymphe Kalypso im fernen Westen festgehalten wird. Ehe Telemachos jedoch nach Ithaka zurückkommt, ist jener selbst hier bereits eingetroffen. Auf den Gang der Ereignisse hat also sein Unternehmen keinen Einfluß.

Der alte, aus den ursprünglichen Einzelliedern geschaffene § 183
Nostos selbst stellte ebenso wie die Ilias — und das beweist,

daß ein Schüler oder Nachahmer des Homer diese als Vorbild benutzte — nur das letzte Jahr, d. h. die eigentliche Katastrophe dar, während die vorhergehenden Ereignisse durch Erzählung vorgeführt wurden. Nachdem Odysseus, der Beherrscher der kleinen Insel Ithăka, bei der Rückkehr von Troja auf seinen Irrfahrten seine Gefährten und Schiffe verloren hat, lebt er sieben Jahre lang, von Sehnsucht nach der Heimat verzehrt, auf der Insel Ogygia bei Kalypsō (die Verhüllerin), die ihn dauernd an sich zu fesseln sucht. In Ithaka aber erwartet ihn ebenso sehnsüchtig seine treue Gattin Pēnĕlŏpē, von zahlreichen übermütigen Freiern umworben. Durch Athenas Bitten bewogen, befiehlt endlich Zeus der Nymphe, Odysseus zu entlassen. Auf einem Floß gelangt er bis in die Nähe der Insel der Phaiāken. Hier aber zerschmettert Poseidon sein Fahrzeug, und nur durch die Hilfe der Göttin Ino-
§ 184 Leukothea erreicht er schwimmend den Strand. Nausikăa, die Tochter des Königs Alkinŏos, giebt ihm Kleider und führt ihn in den Palast ihres Vaters. Beim Mahle erzählt er nun selbst seine früheren Abenteuer: Im Kampf mit den tapferen Kikŏnen hat er viele seiner Gefährten verloren; andere, die im Lande der Lōtophăgen (Lotosesser) von der süßen Frucht des Lotos gekostet, hatte er mit Gewalt in die Schiffe zurückschleppen müssen, da sie durch den Genuß derselben Vaterland und Freunde vergessen hatten. Dann gerät er in die Höhle des einäugigen Kyklopen Polyphēmos, der mehrere seiner Gefährten verzehrte, zuletzt aber berauscht und schlafend von Odysseus geblendet wurde. Da er ein Sohn des Poseidon war, so zürnte dieser selbst nun den Heimkehrenden. Sie kommen zu Aiolos, dem Beherrscher der Winde, und dieser schließt, ihnen gnädig gesinnt, alle widrigen Winde in einen Schlauch ein, sodaß sie sicher nach Hause

gelangt wären, wenn nicht Odysseus' Gefährten den Schlauch heimlich geöffnet hätten. Nun werden alle Schiffe bis auf § 185
das einzige, auf dem sich Odysseus selbst befindet, von den riesenartigen Laistrygonen zertrümmert; mit dem letzten landet er auf der Insel der Zauberin Kirke, die zuerst einen Teil der Schiffsmannschaft in Schweine verwandelt; von Odysseus selbst bedroht giebt sie ihnen aber ihre menschliche Gestalt wieder, und alle werden nun freundlich von ihr aufgenommen. Durch sie selbst endlich über den nach der Heimat führenden Weg und seine Gefahren belehrt, machen sie sich nach einjährigem Aufenthalt zur Weiterfahrt auf. An den Inseln der geiergestaltigen Seirēnen vorbei, die durch ihren Gesang die Männer bezaubern, um sie dann zu töten, fährt er zwischen den Sitzen der Meeresungeheuer Skylla und Charybdis hindurch nach der Insel Thrinakia (Dreispitz), wo seine Gefährten von Hunger getrieben Rinder aus den heiligen Herden des Helios schlachten. Zur Strafe dafür zerschmettert der Blitz des Zeus das letzte Schiff, und nur Odysseus selbst, der sich nicht an dem Frevel beteiligt hat, rettet sich auf dem Mastbaum nach neuntägigem Umhertreiben auf die Insel der Kalypso.

Alkinoos sendet nun, durch diese Erzählung von Mit- § 186
leid ergriffen, den vielgeplagten Dulder reich beschenkt auf einem schnellen Schiffe nach Ithaka. Damit er nicht sofort erkannt werde, giebt ihm seine Schützerin Athena das Aussehen eines alten Bettlers. In dieser Gestalt sucht er seinen Hirten Eumaios auf und hört durch ihn von dem Uebermut der Freier seiner Gattin. Nur seinem Sohne Telemachos teilt er mit, wer er ist; aber auch sein alter Hund und seine Amme Eurykleia erkennen ihn trotz der Verwandlung, während er als Bettler in seinem Hause weilt. Eben hatte Penelope

verkündet, daß sie denjenigen heiraten werde, der den Bogen ihres verstorbenen Gatten zu spannen und einen Pfeil durch die Oeffnungen von zwölf hintereinander aufgestellten Aexten zu schießen vermöge. Alle Freier bemühen sich vergeblich, bis Odysseus selbst die Aufgabe löst. Rückverwandelt giebt er sich zu erkennen und macht nun, von seinem Sohne und den beiden treuen Hirten Eumaios und Philoitios unterstützt, sämtliche Freier in wildem Kampfe nieder. Dann erst erhält Penelope die Nachricht von der Heimkehr ihres Gatten. Zuletzt sucht er auch seinen alten Vater Laërtes auf, der in der Nähe ein Landgut bebaut.

Die auf den thebanischen und troischen Sagenkreis bezüglichen Bildwerke sind bei „Overbeck, die Bildwerke zum thebischen und troischen Heldenkreis“ zusammengestellt.

Mythologie und Religionswesen der Römer.

Wie auf allen anderen Gebieten des geistigen Lebens, § 187
so hat im Religionswesen griechischer Einfluß allmählich das echt römisch Einheimische zurückgedrängt oder wenigstens die alte einfache Form mit neuem Inhalt erfüllt. Dieser Vorgang beginnt bereits mit der Herrschaft der beiden Tarquinius, indem griechische Anschauungen teils durch die Etrusker, teils durch die Kolonien Unteritaliens wie Cumä vermittelt, in Rom Eingang finden. Etwa seit dem zweiten punischen Kriege fangen sie aber an, wenigstens in dem Kreise der Gebildeten den alten Glauben ganz zu zerstören, bis am Ende nahezu alle Kulte, die sich irgendwo in dem gewaltigen Reiche vorfanden, nach Rom übertragen werden. Alle auf altrömische Religionsverhältnisse bezüglichen Angaben, die wir bei den Schriftstellern finden, gehören bereits dieser von Griechenland beeinflußten Richtung an; nur der schon vor jener Zeit aufgestellte Festkalender und die Existenz gewisser Priestertümer, deren Einsetzung in jene ältesten Zeiten hinaufgeht, bieten über unverfälscht Römisches zwar dürftige, aber zuverlässige Nachrichten. Diese ältesten Zeugnisse sollen daher bei der folgenden Darstellung als Marksteine gelten, um alles, was aus Griechenland in das römische Religionswesen eingedrungen ist, möglichst ausschließen zu können.

I. Nicht zu einem einheitlichen Begriff entwickelte Wesen.

§ 188 Neben den eigentlichen Gottheiten treten uns im römischen Glauben eine Reihe von Gestalten entgegen, die, weder zu einem einheitlichen Begriff entwickelt noch zu einer vollen Persönlichkeit ausgebildet, den Standpunkt des Ahnen- und Dämonenglaubens bewahrt haben.

1) Unter ihnen stehen die eigentlichen S e e l e n w e s e n, die Mānes, Lĕmūres und Larvae, voran. Die Seelen der Verstorbenen werden in späterer Zeit gewöhnlich schmeichelnd als Manes, d. h. die Reinen oder die Guten, oder allgemein als inferi, die Unterirdischen, bezeichnet. Unter ihnen verehrte jede Familie im besonderen die Geister ihrer eigenen Ahnen als die dei inferum parentum, als dei parentes oder patrii. Sehr streng hielt man auf gewissenhafte Beobachtung aller für die feierliche Bestattung geltenden Vorschriften; ja man ließ, selbst nachdem die Verbrennung der Leichen das Gewöhnliche geworden war, die alten auf das Begräbnis bezüglichen Bräuche immer im wesentlichen unverändert. Am 9., 11. und 13. Mai feierte man die Lemuria und glaubte, daß an diesen die Seelen als Schreckgespenster (Lemures oder Larvae) ihre Gräber verließen. Als allgemeines Sühn- und Totenfest beging man außerdem am Ende das altrömischen Jahres vom 13. bis 21. Februar die dies parentales und besonders die Feralia am letzten dieser Tage durch Darbringung von Speise- und Trankopfern an den Gräbern. Wegen der Aehnlichkeit, die der Tote mit einem Schlafenden zeigt, meinte man dagegen später, wie aus den Grabschriften hervorgeht, daß derselbe im Grabe ewig sorglos, ruhig und glücklich schlummere. — Vgl. Todesgottheiten § 213.

2) Den Seelenwesen nahe verwandt sind die Gĕnii, die Vertreter der Lebens- und Zeugekraft des Mannes, und die ihnen in ihrem Wesen völlig entsprechenden Jūnōnes der Frauen. Bei der Geburt gehen sie in den Menschen ein, beim Tode scheiden sie aus demselben aus; dann werden sie zu Manes, und gerade wie die Seelen der Verstorbenen selbst stellt man sich die Genii in Schlangengestalt vor. Zugleich ist aber der Genius und die Juno eine als Schutzgeist verehrte Gottheit im Menschen, bei der geschworen wird, und der man am Geburtstag ein Opfer darbringt.

Von dieser Vorstellung eines persönlich gedachten, zeugekräftigen Schutzgeistes ausgehend, hat man später auch der Familie, der Stadt, dem Staate und zuletzt jeder beliebigen Oertlichkeit, wo sich eine schaffende Thätigkeit zeigen konnte, Genii beigelegt und sie dadurch geradezu zu Vertretern eigentlicher Naturdämonen gemacht.

3) Eine ähnliche Mittelstellung wie diese Genien nehmen § 189
die ihnen wesensverwandten Lăres ein, die als Schutzgeister der Aecker, Weinberge, Wege und Haine, sowie des Hauses selbst galten, zugleich aber durch mancherlei dem Totenkult durchaus ähnliche Bräuche verehrt wurden. In älterer Zeit ist gewöhnlich nur von einem einzelnen Lar familiaris, der Herd und Haus behütet und vertritt, die Rede; später erscheinen sie dagegen stets als Paar. Ihre kleinen, einander ganz gleichen Holzschnitzbilder waren über dem Herde im atrium aufgestellt; bei jeder Mahlzeit, besonders aber an den Kalenden, Nonen, Iden und bei allen Familienfesten brachte ihnen die Hausfrau ein wenig Speise und einen frischen Kranz dar.

4) Unter den dei Penates, welche gleichfalls am Herde aufgestellt wurden, faßte man dagegen alle die Götter

zusammen, die als Schützer des Vorrats (penus) im Hause galten, ohne daß man damit wohl überall dieselben Gottheiten gemeint hätte; Janus, Juppiter, Vesta werden unter ihnen genannt. Vom einzelnen Hause übertrug man ihren Dienst ebenso wie den des Genius auf die bürgerliche Gemeinschaft und verehrte deshalb auch am Gemeindeherd im Tempel der Vesta solche Penates publici.

§ 190 5) Dem römischen Glauben durchaus eigentümliche Gebilde, die ohne alle individuelle Ausgestaltung vorgestellt werden, sind die Indigetes, die „innen Handelnden", d. h. die irgend welche einzelne Thätigkeit in bestimmten Personen oder Sachen bewirkenden Geister. Da man jedem dieser Wesen nur eine einzelne, eng begrenzte Handlung zuschrieb, die durch seinen Namen genau bestimmt wird, so war darauf zu achten, daß man im richtigen Augenblick auch wirklich den richtigen Indiges um Hilfe anrief. Das Priesterkollegium der Pontifices, das wie in anderen Fragen des Kultus auch in diesen Dingen die entscheidende Oberaufsicht führte, bildete deshalb, vom Streben nach Genauigkeit und Bestimmtheit geleitet, wie es scheint besonders im Laufe des 4. Jahrhunderts v. Chr., nach dem Vorbilde einzelner alter Gestalten dieser Art eine fast unendliche Reihe solcher Thätigkeitsgeister aus. Diese verloren aber offenbar gerade infolge dieser Uebertreibung sehr bald wieder ihre Bedeutung, wenigstens ist der ganze Indigetenkult bereits zur Zeit des zweiten punischen Krieges in Verfall geraten. Wie spitzfindig diese Unterscheidungen waren, beweist z. B. der Umstand, daß man beim ersten Ausgang eines Kindes aus dem Hause die Abeōna, bei seiner Rückkehr aber die Adeōna, daneben jedoch auch noch die Domidūca und Iterdūca anrufen mußte.

II. Naturdämonen und den Thätigkeitsgeistern nahe stehende Gottheiten.

1) Eigentliche Naturdämonen mit voll ausgestalteter Persönlichkeit sind in Rom nur die Vertreter der in Quellen und Flüssen wirksamen Kräfte. Wie in Griechenland stellte man sich erstere gewöhnlich als weibliche Wesen vor; sie wurden in dem ihre Quelle umgebenden Haine verehrt, entwickelten sich aber schon frühzeitig auch zu Göttinnen der Weissagung und des Gesanges, sowie zu Helferinnen bei schweren Geburten. Aus ersterem Grunde setzte man später die in einem Haine vor der porta Capena heimischen Cămēnae geradezu den griechischen Musen gleich, während die eng mit ihnen verbundene Egeria, die weissagende Gattin des Königs Numa, die ebenfalls in diesem Haine wohnte, hauptsächlich als Geburtsgöttin angerufen wurde. Beide Wesenseigentümlichkeiten treten bei Carmenta, der Mutter des Evander, hervor, die wahrscheinlich von carmen, Weissagung, benannt ist. Die Quellgöttin Juturna aber, deren Namen mehrere Quellen in Latium führten, wurde als Gattin des Janus zur Mutter des Fons oder Fontus, d. h. des als Gott vorgestellten Quells selbst, gemacht. § 191

Von den Flußgöttern genoß zu Rom der pater Tiberīnus die höchsten Ehren. Mit der Herstellung des pons sublicius, d. h. der über den Fluß führenden Pfahlbrücke, war ein eignes Priesterkollegium, die Pontifices (Brückenmacher), beauftragt. Ihr Ansehen war so groß, daß sie sich allmählich zu einer Aufsichtsbehörde in allen religiösen Angelegenheiten emporschwangen. Auf das hohe Alter der Einsetzung desselben deutet eine Bestimmung, nach welcher kein Eisen beim Aufschlagen der Brücke verwendet werden durfte. Uralt ist § 192 auch das sogen. Argëeropfer, bei dem später Binsenpuppen an Stelle der früheren Menschenopfer von jener Brücke hinab in den Strom gestürzt wurden. In Lavinium verehrte man dagegen den Gott des Numicius, in Umbrien den Clitumnus und in Campanien den Volturnus.

§ 193 Neben diesen an die einzelne Quelle oder den einzelnen Fluß gebundenen Dämonen tritt Neptunus als Vertreter des Wassers überhaupt in älterer Zeit, wie es scheint, ganz in den Hintergrund. Doch feierte man ihm im heißesten Monat, am 23. Juli, die Neptunalia, wahrscheinlich um ihn zur Spendung der nötigen Feuchtigkeit zu veranlassen. Zum eigentlichen Meergott wurde er jedenfalls erst durch Gleichsetzung mit Poseidon, dessen Dienst man im Jahre 399 v. Chr. auf Befehl der Sibyllinischen Bücher in Rom einführte.

§ 194 2) Unter den seit ältester Zeit verehrten Göttern stehen den oben besprochenen Thätigkeitsgeistern noch ziemlich nahe: Janus, der Geist des Thürbogens (janus) oder der ganzen Hausthüre (janua), Vesta, die Göttin des Herdfeuers, Volcanus, der Erreger der Feuersbrunst, der Kriegsgott Mars, die Saat- und Erntegötter Saturnus und Consus, und die ganze Reihe der im Pflanzenwuchs thätigen Götter und Göttinnen.

Janus hat sich nämlich aus dem Geist und Schützer der einzelnen Thür zum Vertreter des Eingangs überhaupt und damit zum Gotte des Anfangs entwickelt, wie ja diese beiden Begriffe auch durch das eine Wort initium ausgedrückt werden. Deshalb ist ihm der Anfang des Tages und des Monats, d. h. der Morgen (Janus Matutinus) und alle Calendä, geweiht; sein Monat Januarius aber, der mit dem Anfang des Zunehmens der Tage zusammenfällt, wurde später auch zum eigentlichen Jahresanfang erhoben*). Am 9. Januar, an dem ihm zu Ehren gefeierten Opferfest (Agonium), schlachtete ihm ursprünglich der König selbst, der offenbar bei Uebertragung des häuslichen Januskultes auf den Staat an Stelle des Hausvaters getreten war, und später der rex sacrorum den Leithammel einer Herde. Ihn ruft man beim Anfang aller Handlungen, und besonders auch bei Gebeten und Opfern, zuerst an; ja man betrachtet ihn und zwar schon in früher Zeit geradezu als das principium und den Vater der Götter.

Das Hauptheiligtum des Gottes, der Janus Geminus oder Quirinus, der auf der Nordseite des Forums dem als Gemeindeherd betrachteten Heiligtum der Vesta gegenüberlag, ist der uralte gewölbte Thorweg oder Eingang des nach dem Vorbild des häuslichen atrium gebildeten Forums. Die auf beiden Seiten des Durchgangs angebrachten Thüren hielt man, solange ein Heer im Felde stand, wahrscheinlich deshalb offen, weil einst der König selbst mit in den Krieg zog, und für ihn das Stadtthor, wie für den Hausvater die Hausthür, bis zu seiner Heimkehr offen stehen mußte. Unter dem Thorbogen stand die Bildsäule des Gottes mit doppeltem, nach dem Ein- und Ausgang schauendem Antlitz. Ist diese Gestaltung auch wahrscheinlich nach griechischen Vorbildern geschaffen, so hat man damit doch jedenfalls die dem Thürhüter zukommende Aufmerksamkeit und Wachsamkeit zum Ausdruck bringen wollen. Wie ein wirklicher janitor (Thürhüter) führte er einen Schlüssel und eine Rute oder einen Stock (virga) zur Abwehr lästiger Eindringlinge; seine § 195

*) Eine alte Göttin des glücklichen Jahresanfangs ist vielleicht die am 21. Dezbr. gefeierte Diva Angerona, welche mit verbundenem oder von einem Finger bedecktem Munde (favete linguis!) dargestellt wurde. Als Vertreterin des Jahreswechsels ist dagegen Anna Peranna oder Perenna, die durchgejahrte Jahresgöttin, zu betrachten, deren Fest man am 15. März beging.

Thätigkeit aber kennzeichnen die Beinamen Patulcius, Oeffner, und Clusivius oder Clusius, Schließer.

Sein anderer alter Hauptkultort war der nach ihm benannte Hügel, das Janiculum, auf welchem König Ancus Marcius eine Befestigung zum Schutze der nach Etrurien führenden Handelsstraße und des am Fuße des Hügels gelegenen Tiberhafens errichtet hatte. So wird er aus dem Gotte des Ein- und Ausgangs zum Schützer des Handelsverkehrs und der Schiffahrt; seinen Kopf setzte man mit dem Vorderteil eines Schiffes auf die älteste römische Münze, das Aß, und später bildete man den eigentlichen Hafengott Portunus in einer ihm ähnlichen Gestalt.

§ 196 Wie die Hestia der Griechen, verkörpert dagegen Vesta die im Herdfeuer thätige Macht, die man in diesem selbst ohne ein besonderes Bild der Göttin verehrte. Auch die Stadt hatte ihren gemeinsamen Herd mit seiner Vesta und seinen Penaten, der sich in Rom in einem kleinen Rundtempel an der Südseite des Forums befand. Den Dienst der Göttin verrichteten sechs Jungfrauen, die, schon im Kindesalter vom Pontifex Maximus gewählt, dreißig Jahre lang unvermählt bleiben mußten. Wenn eine dieser Vestalinnen das heilige Feuer erlöschen ließ oder sich gar der Unkeuschheit schuldig machte, wurde sie vom Pontifex Maximus mit den härtesten Strafen belegt; das heilige Feuer aber mußte mittels des alten Feuerbohrers oder später durch Brennspiegel von neuem entflammt werden. Die Vestalia, das Hauptfest der Göttin, fielen auf den 9. Juni, an welchem Tage die Matronen Speiseopfer am Gemeindeherde darbrachten.

§ 197 Einen ergänzenden Gegensatz zu der als Wohlthäterin der Menschen erscheinenden Vesta bildet Volcanus als Vertreter der alle Werke von Menschenhand zerstörenden Gewalt des Feuers, d. h. als Gott der Feuersbrunst. Da er deshalb von den Häusern der Stadt ferngehalten werden mußte, hatte er seinen Tempel draußen auf dem Marsfelde. Am 23. August, zu der Zeit, in welcher nach Einbringung der Ernte die gefüllten Speicher seines Schutzes besonders bedürfen, feierte man sein Hauptfest, die Volcanalia. Damit er aber den ausgebrochenen Brand besänftige, wurde er schmeichelnd Mulciber, mitis oder quietus genannt. Zum Blitzfeuer kann er zunächst deshalb in Beziehung getreten sein, weil auch dieses Feuersbrünste veranlaßt; er wird jedoch in alten Gebeten mit der im Mai gefeierten Göttin der Erdfruchtbarkeit Maia zusammen angerufen, und so scheint es wahrscheinlicher, daß man seine Wirksamkeit doch wohl auch sonst im Blitz- und Sonnenfeuer erkannt hat. Gott der Schmiedekunst und der Vulkane ist er aber vielleicht erst durch Gleichsetzung mit Hephaistos geworden.

In ähnlicher Weise wie Volcanus haben die den Ackerbau schützenden Gottheiten Saturnus, Consus und Ops den Charakter von Thätigkeitsgeistern bewahrt. Saturnus oder Säĕturnus ist der Gott des Säens; nach Beendigung der Herbstsaat feierte man ihm vom 17. bis 21. oder 23. Dezember das Fest der Saturnalia mit Schmausen, gegenseitigem Beschenken und Befreiung der Sklaven von der gewöhnlichen Arbeit. Die Wachskerzen, die sich regelmäßig unter den Gaben befanden, deuteten jedenfalls auf die neueintretende Zunahme des Sonnenlichts, die für die in der Erde geborgene Saat Gedeihen erhoffen ließ. Sein altes Heiligtum und sein von Tarquinius Superbus erbauter Tempel lag an dem vom Forum auf das Kapitol führenden Aufgang. § 198

Consus ist dagegen der Erntegott, der deus condendi, d. h. des Bergens der Feldfrüchte. Da man diese aber ursprünglich in unterirdischen Räumen aufbewahrte, so wurde auch der alte im Circus Maximus gelegene Altar des Consus gewöhnlich in der Erde verborgen und nur während der Feier der Consualia, die am 21. August und 15. Dezember mit Wettrennen begangen wurden, aufgegraben und zur Benutzung bei dem Opfer freigelegt.

Mit Consus ist Ops Consiva, d. h. Ops, die Gattin des Consus, eng verbunden. Sie vertritt die opima frugum copia, die Fruchtfülle selbst, welche bei der Ernte geborgen wird; ihre beiden Feste, die Opiconsivia und Opalia, sind nur durch einen dreitägigen Zwischenraum von denen ihres Gatten getrennt. Später ist Saturnus dem Kronos, Ops aber der Rhea gleichgesetzt, und viele Eigentümlichkeiten des griechischen Kultus sind auf den römischen übertragen worden.

§ 199 4) Die in Wald und Feld sich bethätigende Lebenskraft schrieb man der Wirksamkeit verschiedener befruchtender und empfangender Götter und Göttinnen zu. Landleute und Hirten, die ihnen den Fruchtertrag des Bodens und den Reichtum ihrer Herden zu verdanken glaubten, verehrten sie, und wie diese selbst wohnten auch ihre Gottheiten am liebsten in schattigen Hainen und an sprudelnden Quellen. Einfach und ländlich wie der Sinn ihrer Verehrer war ihr Wesen, und alles, was dem Landbewohner lieb und teuer war, wurde unter ihren Schutz gestellt.

Faunus, der Gatte oder Vater der Fauna, die man gewöhnlich als Bona Dea anrief, wird durch seinen Namen, der von favere, günstig sein, abgeleitet ist, als der gütige Gott bezeichnet. In menschlicher Gestalt tritt er mit griechischem Namen als der gute Mann Evander auf, der an der Stelle des nachmaligen Rom die erste Ansiedlung begründet haben sollte. Von diesem Evander erzählte man auch, er habe das älteste Heiligtum des Faunus in einer Grotte am Palatinischen Hügel gestiftet und die dort am 15. Februar begangene Feier der Lupercalien eingesetzt, bei welcher die Luperci, d. h. die Priester des Faunus Lupercus (Wölfling), mit einem Bocksfell umgürtet, sonst aber nackt, durch einen Umlauf um das alte Stadtgebiet Menschen, Tieren und Aeckern Fruchtbarkeit zu sichern suchten. Dementsprechend wurde Faunus selbst nackt, mit Bocksfell, Kranz, Füll- und Trinkhorn dargestellt.

Sehr nahe steht ihm Silvānus, der Waldgeist; nur bezieht § 200
sich seine Thätigkeit, wie schon sein Name andeutet, ausschließlicher auf den Wald, und so trägt er auch in Abbildungen einen Pinienkranz im Haar und einen Pinienzweig im Arm. Er sowohl wie Faunus schreckt den einsamen Wanderer durch die weissagenden Stimmen des Waldes, insbesondere aber schützt Silvanus auch die Grenzen und das Eigentum überhaupt.

In der üppigen Fruchtbarkeit der Felder und Weinberge sah man dagegen speziell die Wirksamkeit des Liber und seiner Gattin, der Libera, die wie Juppiter Liber durch ihre Namen als freigebige Spender der Fülle bezeichnet, später aber regelmäßig dem Dionysos und der Persephone gleichgesetzt wurden. Der Name der letzteren verwandelte sich dabei in Italien in die Form Prōserpĭna, wahrscheinlich unter Anlehnung an die dem „Hervorkriechen (proserpere) der Saat" vorstehende Indigitalgöttin.

In ähnlicher Weise stehen endlich die Gärten und ihre Obstbäume unter dem besonderen Schutze des ebenso wie der Garten in den verschiedenen Jahreszeiten sein Aussehen, seine Gestalt wechselnden Vertumnus und der schönen Obstspenderin Pomōna, die beide durch das Gartenmesser kenntlich gemacht werden.

§ 201 Unter den Göttinnen der Fruchtbarkeit nimmt Fauna—Bona Dea den höchsten Rang ein. Ihr angesehenstes Heiligtum zu Rom, dessen Stiftung am 1. Mai gefeiert wurde, lag am Fuß des Aventin; ihr Hauptfest aber begingen die vestalischen Jungfrauen und die vornehmsten Frauen Roms unter Ausschluß aller Männer zu Anfang des Dezember im Hause eines Prätors oder Konsuls, der dabei wohl an Stelle des Königs getreten war, durch ein geheimes Opfer. In Bildwerken erscheint sie als vollbekleidete, sitzende Frau; wie ihr Gatte Faunus hält sie ein Füllhorn im Arm.

Der Bona Dea stehen außer der bereits erwähnten Libera und Pomona auch Feronia, Flora, Pales und vielleicht Diana nahe.

Die mittelitalische Fērōnia hatte ihre Hauptkultstätten in einem Haine bei Capēna am Soracte in Etrurien und in einem solchen bei Tarracina in der Nähe der pomptinischen Sümpfe; in Rom feierte man ihr Mitte November ein Fest auf dem Marsfeld. Immer wird sie als Spenderin des Erntesegens angerufen; wie aber bei allen Erntefesten die Sklaven viele Freiheiten genossen, so wurde die Freilassung von Sklaven häufig im Tempel dieser Göttin vorgenommen.

§ 202 Die gleichfalls in Mittelitalien heimische Flōra ist im engeren Sinne die Göttin der Blüte und erst dadurch gleichfalls Spenderin der Fruchtbarkeit. In Rom besaß sie auf dem Quirinal einen sehr alten Tempel, am 28. April aber beging man das Blütenfest der Floralia mit ausgelassenen Tänzen und derben Scherzen; später wurden scenische und Cirkusspiele hinzugefügt. Mit ihr war Robīgus, der Gott, welcher das Getreide vor der robigo, dem Roste, schützt, verbunden.

Dagegen ist Pāles die besondere Schutzgöttin der Weiden

und Viehherden, wie auch ihr Name mit pa-sco weiden (vgl. Pan) zusammenhängt. In Rom hatte sie ihren Sitz auf dem wahrscheinlich nach ihr benannten Palatium; am 21. April feierte man ihr zu Ehren die Parilia, bei welchem Feste Schafe und Ställe durch Wasser und unblutige Opfer gereinigt und geweiht wurden. Zu demselben Zweck sprangen Hirten und Herden zwischen Haufen brennenden Strohs hindurch, wie dies ähnlich bei dem Feste der Feronia und in Deutschland bei dem Oster- und Johannisfeuer geschah.

Wahrscheinlich gehört endlich auch Diana zur Reihe § 203
dieser Fruchtbarkeitsgöttinnen. Wie alle übrigen wurde sie in wasserreichen Hainen (Diana Nemorensis), und zwar besonders auf dem Berge Tifata bei Capua und in der Nähe von Tusculum bei Aricia, verehrt. Hier erhielt ihr Priestertum derjenige, welcher ihren früheren Priester mit einem im heiligen Haine gebrochenen Aste erschlug, offenbar eine Art Menschenopfer, das mit Hilfe der in ihren Bäumen mächtigen Göttin selbst dargebracht wurde. In Rom lag ihr alter Tempel auf dem Aventin, und hier feierte man wie in ganz Italien ihr Hauptfest an den Iden des August, an welchem Tage auch Vertumnus ein Opfer erhielt. In Aricia brachte man ihr am frühen Morgen einen Fackelzug dar, wie Pales bei Sonnenaufgang und Flora durch Anzünden von Lichtern gefeiert wurde.*) Nach Art der Feronia schützt sie die Sklaven und zwar offenbar besonders diejenigen, die in den ihr geweihten Wald geflüchtet waren und den flüchtigen Hirschen gleich verfolgt wurden. Der Bona Dea entsprechend wird sie aber vor allem von den Frauen verehrt und als Spenderin von Fruchtbarkeit und leichter Geburt

*) Auch die Mater Mātūta, der die Matralia (Mutterfest) galten, war zugleich Göttin des Frühlichts und der Geburt.

angefleht. Diese Eigenschaft ist vielleicht der Grund, warum mehrere ihrer Tempel, wie besonders die zu Tusculum, Aricia und Rom, als Bundesheiligtümer verschiedener latinischer Stämme galten. Später ist Diana dann als Hain- und Fruchtbarkeitsgöttin der Artemis völlig gleichgesetzt und dadurch zur Jagdgöttin und zuletzt auch zur Mondgöttin geworden, eine Auffassung, die für die einheimische Diana nur durch ihr Fest an den Iden gestützt werden konnte.

§ 204 Der bei allen Stämmen Mittelitaliens seit ältester Zeit verehrte Mārs, Marmar (= Mörder?), Mamers oder Mavors, der den alten Beinamen Grādīvus (der Einherschreitende, d. h. wohl der Fußkämpfer) führt, steht zu den Thätigkeitsgeistern insofern in naher Beziehung, als er hauptsächlich die im Kriege thätige göttliche Macht vertritt, obwohl seine Wirksamkeit dabei nicht auf ein so enges Gebiet beschränkt wird, wie dies bei den der künstelnden Priesterweisheit entsprungenen Indigetes der jüngeren Zeit der Fall ist.

§ 205 In dem alten römischen Königssitz, der Regia, bewahrte man seine heilige Lanze und einen vom Himmel gefallenen Schild (acīle) auf, nach dessen Muster der König Numa elf andere Schilde hatte fertigen lassen. Mit diesen Schilden versehen, führten die zwölf palatinischen Salier (Springer), die Priester des Mārs, im heiligen Monat des Gottes unter Absingung alter Lieder, in denen er um Schutz für die Aecker, Feldfrüchte und Weinberge angefleht wird, Waffentänze auf. Daß diese Feier aber wahrscheinlich den Beginn der auf den Sommer beschränkten Kriegszeit bezeichnet, beweist die Bedeutung seiner übrigen Feste. Am 27. Februar und 14. März wurden nämlich in der Nähe des alten, mitten auf dem Marsfelde gelegenen Altars des Mārs die Equirria abgehalten, welche in der Musterung der Pferde und einem

Wagenrennen bestanden. Am 19. und 23. desselben Monats musterte und reinigte man dagegen am Feste der Quinquatrus und des Tubilustrium die Waffen und Kriegstrompeten. Ebenso fand nach Schluß der Kriegszeit am 19. Oktober eine Reinigung der Waffen (Armilustrium) statt; den Equirria des Frühlings aber entsprach jedenfalls das Opfer des Oktoberrosses, denn am 15. Oktober wurde ein Pferd, welches bei dem vorhergehenden Wagenrennen gesiegt hatte, dem Mārs geschlachtet. Auch die Weihung des sogenannten ver sacrum, d. h. die bei schweren Unglücksfällen gelobte Opferung des für den nächsten Frühling erhofften Ertrages an Menschen, Vieh und Früchten, läßt Mars als Kriegsgott erkennen, da dieses Gelübde gewöhnlich gerade in Kriegsnot erfolgte.

Als ihm heilige Tiere betrachtete man den Wolf, das Sinnbild des blutigen Mordes, und den Specht (picus), der mit seinem die Bäume (wie ein Mauerbrecher die Thore) durchbohrenden Schnabel und dem helmbuschähnlichen Federschmuck auf dem Kopfe den Eindruck eines kriegerischen Tieres machte. Deshalb nährte eine Wölfin den Romulus und Remus, denn der Kriegsgott selbst war ihr Vater und damit der Ahnherr der kriegerischen Römer.

Dem altlatinischen Mars stand Quirīnus, der Hauptgott § 206
der auf dem Quirinalischen Hügel angesiedelten Sabiner, so nahe, daß die Verehrung beider ganz mit einander verschmelzen konnte. Dennoch erhielt sich neben dem flamen Martialis (Eigenpriester des Mārs) ein besonderer flamen Quirinalis, und neben den palatinischen Saliern des Mārs gab es zwölf eigene Salier des Quirinus, die ihren Sitz auf dem Quirinale hatten. Während aber Mārs als Vater des Romulus galt, wurde Quirinus später dem Romulus geradezu gleich gesetzt. Daß auch er als Stammgott betrachtet wurde, scheint außerdem

der Festbrauch der am 17. Februar gefeierten Quirinalien anzudeuten.

III. Juppiter und Juno.

§ 207 Die gewaltigste Erscheinung, die im Luftraum vor sich geht, ist das Gewitter; deshalb gilt Juppiter, auf dessen Wirken dasselbe zurückgeführt wird, ebenso wie in Griechenland Zeus, als mächtigster, alles andere beherrschender Gott. Er führt den Blitz als Waffe, und in ältester Zeit heißt er in einzelnen Kulten selbst geradezu Fulgur, der Blitz; er giebt die Blitz- und Vogelzeichen, deren Beobachtung und Deutung dem Priesterkollegium der Augurn oblag; er sendet aber auch den befruchtenden Gewitterregen, und bei anhaltender Trockenheit fleht man ihn deshalb als Elicius, d. h. als den Hervorlocker des Regens, an. Damit wird er zum Spender der Fruchtbarkeit und der üppigen Fülle, dessen Haupteigenschaft die Liberalitas, die Freigebigkeit, ist. In dieser Auffassung führt er den Beinamen Liber; ihm gilt die Feier der auf den Weinbau bezüglichen Feste: der Vinalia rustica am 19. August, der Meditrinalia am 11. Oktober und der Vinalia des 23. April; Ackerbau, Viehzucht und das heranwachsende junge Volk stehen unter seinem Schutze; eine Kapelle der Iuventas (Jugend) befand sich deshalb in seinem Tempel auf dem Kapitol.

§ 208 Die dem Menschen Gefahr und Verderben drohenden Gewittererscheinungen schrieb man dagegen einer von Juppiter losgelösten Gottheit, dem Vejovis oder Vedjovis, d. h. dem schlimmen Juppiter, zu; sein Heiligtum befand sich zwischen den beiden Gipfeln des kapitolinischen Hügels; er selbst aber wurde jugendlich, mit einem Blitz- oder Pfeilbündel in der Hand, dargestellt.

In ähnlicher Weise ist auch Summānus, der Gott der sub mane, gegen Morgen, auftretenden nächtlichen Gewitter, aus Juppiter hervorgegangen. Zweifelhaft bleibt, ob der alte Beiname Lucetius, der Lichte oder Leuchtende, wie man gewöhnlich annimmt, den Juppiter zugleich als den Gott des himmlischen Lichtes charakterisiert, oder ob er etwa ebenfalls auf das Leuchten des Blitzes, das Wetterleuchten, zu beziehen ist.

Der gewaltige Gewittergott wird als Juppiter Stator § 203
zum Helfer in der Schlacht und als Victor zum Verleiher des Sieges. Dem J. Feretrius bringt der siegreiche Feldherr die spolia opīma, die Waffenrüstung des von ihm mit eigner Hand erschlagenen feindlichen Feldherrn, als Weihgeschenk dar. In seinem Dienst stehen die Fetialen, welche unter feierlichen Bräuchen Genugthuung für Beleidigungen forderten, Kriege ankündigten und Verträge abschlossen, denn sein Blitzstrahl strafte den Meineidigen, der einen solchen verletzt hatte. Aus dem gleichen Grunde wird J. aber auch sonst als Schwurgott angerufen; Dius Fidius, der Gott der Treue, wurde geradezu als der Genius des Juppiter bezeichnet, und das Heiligtum der Fides, der als Göttin vorgestellten Treue, stand seit ältester Zeit unmittelbar neben seinem kapitolinischen Tempel. In diesem selbst aber befand sich der heilige Grenzstein: das Symbol des Termĭnus, um Juppiter als Schützer der Grenzen und des Eigentums erkennen zu lassen.

Eine der ältesten Kultstätten des J. war ein heiliger Hain auf dem Gipfel des mons Albanus, wo sich einst die latinischen Gemeinden unter der Vorstandschaft von Alba Longa zur Verehrung des Juppiter Latiaris, des Schützers von Latium, vereinigt hatten. Der jüngere Tarquinius errichtete daselbst einen Tempel, wie er auch denjenigen auf dem Kapitol erbaut hat. Hier feierte man die Feriae latinae durch Opfer und Spiele; auch zogen öfter Feldherren, denen ein regelrechter Triumph auf dem Kapitol vom Senat verweigert worden war, zu diesem Heiligtum, um die Kriegsbeute als Weihgeschenk darzubringen.

§ 210 Seitdem jedoch Rom die Vorherrschaft in Latium errungen hatte, wurde der Tempel auf der Südhöhe des Kapitols zum angesehensten Kultorte des Juppiter, denn wie Rom selbst der Welt seine Gesetze vorschrieb, so beherrschte der römische Juppiter Capitolinus oder Optimus Maximus Himmel und Erde. Er ist der eigentliche Herr und Schützer der freien Stadt; ihm stattet daher der siegreich heimkehrende Feldherr den gebührenden Dank ab, indem er selbst, mit des Gottes Attributen und seiner Gewandung ausgestattet, im Triumph nach dem Kapitol hinauf zieht, um den Siegeslorbeer in den Schoß des Sieg verleihenden Gottes niederzulegen und den kostbarsten Teil der Beute in seinen Tempel zu weihen. Ihm zu Ehren wurden die wichtigsten Spiele, die ludi magni, aus denen sich später die ludi Romani und Plebei entwickelt haben, gefeiert.

§ 211 Auf dem Kapitol verehrte man neben ihm seine Gattin Juno und seine Tochter Minerva; dementsprechend hatte sein Tempel eine dreifache Cella: die mittlere Abteilung gehörte dem Juppiter selbst, die zu seiner Linken der Juno und die zu seiner Rechten der Minerva. Die Verbindung dieser drei Gottheiten ist freilich ursprünglich durchaus griechisch, war aber dann in Etrurien aufgenommen und von hier aus gegen Ende der Königszeit nach Rom übertragen worden.

Der erste Diener des Juppiter ist der flamen Dialis,

welcher an allen Iden (Vollmondstagen), die sämtlich dem J. heilig waren, und überhaupt an den Festen dieses Gottes das Opfer darbrachte; seine Frau, die flaminica, ist Priesterin der Juno. Ihr Eheleben sollte dasjenige des von ihnen vertretenen Götterpaares versinnlichen.

Die Verehrung der Juno ist in ganz Italien, besonders § 212
aber bei den Latinern, Oskern und Umbrern seit alter Zeit verbreitet, und bei ersteren wird ein Monat, der Junius oder Junonius, nach ihr benannt, an dessen Kalendä man in Rom das Fest der Juno Monēta (die Minnende oder Mahnende?) wahrscheinlich zur Feier ihrer Hochzeit mit Juppiter beging.

Diese Juno hat einen alten Tempel auf dem Kapitol, in dessen Bezirk die als Retter der Stadt bekannten heiligen Gänse gehalten wurden. Als Gattin des Juppiter Rex wird sie Regina, bei den Marsern geradezu als bloße weibliche Ergänzung desselben Jovia regena, genannt; ihr Sohn Mars ist am 1. März geboren, an dem die Frauen ihr zu Ehren die Matronalia, d. h. das Mutterfest, feierten. Es sind ihr aber überhaupt alle Kalenden (Neumondstage) geweiht, vielleicht deshalb, weil man sie auch als Mondgöttin betrachtete. Hierauf bezieht sich möglicherweise ihr Beiname Lucetia, die Leuchtende, obwohl der damit verwandte Name Lucina (die ans Licht Führende) sie als Entbindungsgöttin bezeichnete. Juno Lucīna, die auf Bildwerken oft ein Wickelkind in den Armen trägt, hatte einen uralten Hain auf dem Esquilin, wurde aber überall in Italien viel verehrt. Als Ehegöttin heißt sie auch Juno Juga oder Jugalis, die Ehestifterin, oder Pronuba, die Brautführerin. Allgemein als Schützerin oder Retterin erklärt sie dagegen ihr besonders zu Lanuvium gebräuchlicher Beiname Sospĭta, in welcher Auffassung sie mit Schild und Speer bewaffnet ist und über Kopf, Schultern und Rücken ein Ziegenfell trägt. Juno Regina führt wie Juppiter Rex das Scepter als Abzeichen.

IV. Todesgottheiten.

§ 213 Da in Rom der Begriff eines einheitlichen Totenreiches nicht durchgedrungen ist, so haben sich auch keine als Herrscher desselben vorgestellten Gottheiten selbständig entwickelt. Nur den Eintritt des Todes selbst schrieb man der Thätigkeit eines bald schrecklich, bald sanft waltenden Gottes, den man Orcus nannte, zu, ohne daß man seine Gestalt aber voller ausgebildet hätte. Neben ihm erscheint eine verschieden benannte mütterliche Pflegerin der Verstorbenen, die wohl eigentlich die Mutter*) Erde, Tellus oder Terra mater, selbst ist, insofern diese die Toten in ihren Schoß aufnimmt. Nach den Manes und Lares wird sie Mania oder Lara, Larunda, nach den Larvae Avia Larvarum, d. h. Großmutter der Gespenster, genannt und ebenso wie diese selbst in abschreckender Gestalt vorgestellt. Wegen des Schweigens der Toten hieß sie endlich Dea Muta oder Tacita, die stumme oder schweigende Göttin. Vielleicht gehört aber auch noch Acca Lārentia (Mutter der Lāres?), der am Feste der Larentalia (23. Dezember) Totenopfer dargebracht wurden, hierher, da sie wie Tellus selbst zugleich als Göttin der Erdfruchtbarkeit gekennzeichnet zu werden scheint.

V. Personifikationen.

§ 214 Durch Uebertragung der Vorstellungsart, welche den Glauben an die Thätigkeitsgeister (Indigetes) hervorgerufen hatte, auf das geistige und sittliche Gebiet gelangte man in

*) Als Mutter wurde Tellus besonders durch die Fordicidia, ein Opfer trächtiger Kühe, gefeiert.

Rom frühzeitig zur Verehrung wirklicher Personifikationen. Zu den ältesten von ihnen gehören die gewöhnlich durch Steuerruder und **Füllhorn bezeichnete** Glücksgöttin Fortuna, Fides — die Treue — mit Aehren und Fruchtkorb, Concordia — die Eintracht — mit Füllhorn und Schale, Honos und Virtus — der Gott der Ehre und die Vertreterin der Tapferkeit — beide im Waffenschmuck, Spes — die Hoffnung — mit einer Blüte in der Hand, Pudicitia — die Keuschheit — verschleiert, und Salus — die Rettung, das Heil. Später treten Pietas — die Elternliebe, Libertas — die Freiheit, Febris — die Fiebergöttin, Clementia — die Milde — mit Schale und Scepter, Pax — die Friedensgöttin — mit dem Oelzweig, hinzu, bis dann in der Kaiserzeit jeder beliebige abstrakte Begriff in Gestalt einer durch Attribute gekennzeichneten Frau personifiziert zu werden pflegt.

VI. Ursprünglich fremde Gottheiten.

Gegen Ende der Königszeit gewann die etruskische und § 215
durch und neben dieser die griechische Kultur, wie sie Unteritalien bereits beherrschte, auch in Rom Einfluß. Besonders durch die aus Cumä stammenden sibyllinischen Bücher, die eine Sammlung griechischer Orakelsprüche enthielten, wurde die Einführung einer ganzen Anzahl griechischer Kulte in Rom veranlaßt. Dabei übertrug man entweder die Eigenschaften der fremden Gottheit auf einen der zahlreichen einheimischen Thätigkeitsgeister, dem sie ihrem Wesen nach selbst nahe stand, oder man nahm einfach mit der fremden Vorstellung auch den fremden Namen auf. So ist Minerva ursprünglich wahrscheinlich nur die Denken und Verstehen im Menschen wirkende göttliche Kraft und damit die Schützerin der kunstfertigen Werkthätigkeit gewesen. Ihre Aufnahme

unter die kapitolinische Dreiheit (§ 211) verdankt sie aber ausschließlich der Gleichsetzung mit Pallas Athena, deren Eigenschaften auf sie übergingen. Nur zur eigentlichen Kriegsgöttin ist sie nicht geworden.

§ 216 Ebenso hatte Venus, deren Namen mit venustus und Wonne zusammenhängt, in ältester Zeit zu Rom keinen Kult; es ist die griechische Aphrodite, die von Unteritalien und später vom Berge Eryx auf Sizilien aus unter diesem vielleicht einer Indigitalgöttin (die Wonne Verleihende) angehörenden Namen in Rom Eingang fand. Ihr ältester Tempel wurde im Hain der Libitīna, einer Göttin der Lust und des Todes, errichtet, und auch ihre Beinamen Murcia und Cloacina sind jedenfalls von Oertlichkeiten entlehnt.

Ferner dürfte Mercurius zunächst nur der Indigitalgott der merx und mercatura, der Geist des Handels, gewesen sein; durch Gleichsetzung mit Hermes wird er erst zum voll ausgestalteten Gott. Da er aber immer weit mehr als dieser selbst ausschließlich Gott der Kaufleute geblieben ist, erscheint in Italien der Geldbeutel als sein ständiges Attribut.

Aehnlich steht die Sache mit Hercules; Herakles, der ländliche Fruchtbarkeit spendende Lieblingssohn des Zeus, ist nämlich mit dem zeugenden Genius des Juppiter, den man diesem Gotte ebenso wie jedem Manne überhaupt beilegte, vermischt worden. In dieser Eigenschaft verbindet er sich ehelich mit derjenigen Juno, welche die Zeugungskraft der Frau vertritt; dann aber durchdringt sich mit dieser ausschließlich italischen Auffassung die rein griechische Sage so vollkommen, daß bei der zwischen Hera und Herakles herrschenden Feindschaft mannigfaltige Widersprüche entstehen.

217 Rein griechisch ist dagegen der Dienst der Ceres in Rom. Der ursprünglich jedenfalls einer Indigitalgottheit zukom-

mende Name hängt eng mit crescere und creare zusammen; die göttliche Person aber ist durchaus die unter dieser Bezeichnung im Jahre 496 v. Chr. in Rom eingeführte Demeter, an deren Kult so wenig geändert wurde, daß ihre Priesterinnen auch in Rom Griechinnen sein mußten.

Noch älter, aber ebenso rein griechisch ist die Verehrung des Apollo, dem zu Ehren infolge eines Spruches der sibyllinischen Bücher seit 212 v. Chr. die apollinarischen Spiele am 13. Juli begangen wurden; auch der Unterweltsherrscher Dis pater, der Gatte der Proserpina, ist der unverändert übernommene Pluton—Hades; Dis ist dives, der Reiche, die Uebersetzung von Pluton.

Im Jahre 204 v. Chr. wurde der heilige Stein der § 218
Magna Mater Idaea von Pessinus, d. h. der Ma oder Ammas, nach Rom gebracht; 186 mußte der durch Ausschweifungen entartete Bacchuskult gewaltsam unterdrückt werden. Dann kamen Isis und Sarapis aus Alexandrien, und zuletzt unter vielen weniger bedeutenden Kulten die Mysterien (Geheimdienst) des persischen Sonnengottes Mithras, in die schon manche Gedanken und Bräuche des nunmehr siegreich vordringenden Christentums aufgenommen worden waren, daher dieses selbst dann wie in Griechenland so auch in Rom einen für sein kräftiges Gedeihen wohl bereiteten Boden vorfand.

Register.

Die Zahlen bezeichnen die Paragraphen.

Acca Larentia 213.
Acheloos 97. 146.
Acheron 16 f.
Achilleus 79. 131. 177 ff.
Admetos 162.
Adonis 108.
Adrastos 171. 173.
Aello 21.
Aesculapius 22.
Agamemnon 131. 177 ff.
Aganippe 42.
Agenor 123.
Aglaia 41.
Aglauros 38. 117.
Ahnenkult 5.
Aia 161. 163.
Aiakos 18.
Aias 179.
Aietes 161. 164 f.
Aigeus 151 f. 154. 165.
Aigis 30. 59.
Aigisthos 130 f.
Aigle 23.
Aigyptos 126 f.
Aineias 109.
Aiolos 104. 184.
Aisa 119.
Aison 161.
Aithiopen 128. 133.
Aithra 151.
Akamas 157.
Akastos 162.
Akrisios 128.
Aktaion 77.
Alkaios 136.
Alkestis 162.
Alkinoos 184. 186.
Alkmaion 171. 174.
Alkmene 136.
Alpdruck 1. 169.
Alpheios 97.
Althaia 159.
Amaltheia 32. 146.
Amazonen 78 f. 133. 141.
Ambrosia 38. [155.
Ammas s. Ma.
Amor s. Eros.
Amphiaraos 4. 171 f.
Amphion 124 f.
Amphitrite 92. 94.
Amphitryon 136 f.
Amykos 166.
Anchises 109.
ancilia 205.
Androgeos 153.
Andromeda 128.
Angerona 194.
Anna Perenna 194.
Antaios 142.
Anthesterien 115.
Antigone 170. 173.
Antiope 124.
Apaturien 62.
Aphrodite 107 ff.
Aphroditos 109.
Apollon 67 ff. 144. 217.
Apsyrtos 165.
Arachne 60.
Areion 96. 173.
Ares 105 f.
Arethusa 97.
Argeer 192.
Argeiphontes 126.
Argo 161.
Argonauten 161 ff.
Argos 86. 126.
Ariadne 117. 153.
Arion 72.
Aristaios 70.
Armilustrium 205.
Artemis 75 ff.
Asklepios 22 f.
Astarte 108.
Asterie 80.
Astraios 104.
Atalante 160.
Athamas 163.
Athena 53 ff.
Atlas 142.
Atreus 130 f.
Atropos 119.
Augeias 140.
augures 12. 207.
Aurora s. Eos.
Avia Larvarum 213.
Baetyl 12.
Bakchos 49. 114. 218.
Bakchen 113.
Baumkult 7. 27.
Bellerophontes 133.
Bellona 105.
Bona Dea 199. 201.
Boreas 104. 166.
Briseis 178. 181.
Busiris 142.
Camenae 191.
Carmenta 191.
Ceres 217.
Chalkeia 56. 62.
Charis 33. 105. 113.
Chariten 39. 41.
Charon 17.
Charybdis 93. 185.
Cheiron 23. 139. 161.
Chimaira 133.
Chrysaor 59.
Chryseis 178.
Chryses 178.
Chytroi 3.
Clementia 214.
Concordia 214.
Consus 198.
Cupido s. Himeros.
Dämonen 6. 191.
Damastes 151.
Danae 36. 128.
Danaiden 127.
Danaos 126 f.
Dea Muta, Tacita 213.
Dei parentes 188.
Deianeira 146 f.
Deidameia 156.
Deimos 105. 107.
Delien 70.
Delphyne 69.
Demeter 36. 45 ff.
Demophon 47. — 157.
Despoina 52.
Diana 203.
Dike 39. 43.
Diomedes 141. — 179 f.
Dione 36. 107.
Dionysien 115.
Dionysos 113 ff. 153.
Dioskuren 134 f.
Dirke 124.
Discordia 105.
Dis Pater 24. 217.
Dithyrambos 115.
Dius Fidius 200.
Drache 106. 123. 142. 163.
Dryaden 99. [164 f.
Egeria 191.
Eileithyia 37. 75.
Eirene 39. 43.
Elektra 181.
Eleusinia 49 ff.
Elysion 18. 123.
Endymion 101.
Enyo 105.
Eos 103.
Epaphos 126.

Epigonen 167. 174.
Epikaste 168. 170.
Equirria 205.
Erato 42.
Erdbeben 35. 63. 95.
Erechtheus 53. 55. 150.
Erichthonios 44. 55.
Erinyen 19 f. 106. 131.
Eriphyle 171. [174.
Eris 105.
Eros 107. 111 f.
Ersephorien 56.
Erymanth. Eber 139.
Erytheia 141.
Eryx 141.
Eteokles 170 ff.
Euanthes 117.
Eumaios 186.
Eumeniden 19.
Eunomia 39. 43.
Euphrosyne 41.
Europa 123.
Euros 104.
Euryganeia 170.
Eurykleia 186.
Eurynome 64.
Eurystheus 130. 137. 143.
Eurytos 144.
Euterpe 42.
Evander 191. 199.
Fata 119
Fauna 199. 201.
Faunus 199 f.
Febris 214.
Feralia 188.
feriae Latinae 210.
Feronia 201.
fetiales 209.
Fides 209. 214.
flamines 206. 211.
Flora 202 f.
Flußgötter 97. 192.
Fons, Fontus 191.
Fortuna 191. 214.
Furien s. Erinyen.
Gaia, Ge 36. 44.
Galateia 92.
Ganymedes 38.
Gebet 10.
Genii 188. 209.
Geryoneus 141.
Gewitter 26. 33. 207.
Giganten 34.
Glaukos 91.
Gorgonen 59. 128.
Gottesvorstellung 7 ff.
Gräberkult 3.
Granatapfel 46.
Gratiae s. Chariten.
Hades 24. 46. 49. 143.
Haimon 169.
Halios Geron 91. 146.
Hamadryaden 99.
Harmonia 107. 123.
Harpyien 21. 166.
haruspicina 12.
Hebe 37. 143.
Hekate 80 f.
Hektor 180 f.
Helena 131. 134 f. 156.
Helieia 100. [179.
Helios 100. 185.
Helle 163.
Hellotia 123.
Heosphoros 102.
Hephaisteia 62.
Hephaistos 56. 62 ff.
Hera 37. 126. 136 f. 143.
Herakles 136 ff. 162.
Hercules 143. 216.
Hermaphroditos 109.
Hermes 82 ff. 110. 126.
Hermione 131.
Heroen 4 f. 18. 123 ff.
Herse 55.
Hesperiden 142.
Hestia 66.
Himeros 112.
Hippodameia 130 — 156.
Hippolyte 141. — 155.
Hippolytos 155.
Hippomedon 171.
Hippomenes 160.
Hippukrene 42. 59.
Honos 214.
Horen 43.
Hyaden 116.
Hyakinthien 70.
Hyakinthos 71.
Hybris 120.
Hydra 138.
Hygieia 23. 54.
Hyllos 147.
Hyperboreer 73.
Hypermnestra 127.
Hypnos 24
Jakchos 49. 114.
Janus 191. 194 f.
Jasion 47.
Jaso 23.
Jason 161 ff.
Idas 135.
Inachos 126.
incubatio 4.
Indigetes 190.
Inferi 188.
Ino 92. 123. 163. 183.
Inseln d. Seligen 18.
Jo 126.
Jokaste 168. 170.
Jolaos 138.
Jole 144. 147.
Jon 150.
Iphigeneia 131.
Iphitos 144.
Iris 103.
Isis 218.
Ismene 170.
Isthmien 94.
Jonen 145.
Juno 188. 211 f. 216.
Juppiter 26. 207 ff.
Juturna 191.
Juventas 207.
Ixion 139.
Kadmos 123. 166.
Kakos 141.
Kalais 166.
Kalliope 42.
Kallynterien 57.
Kalydonische Jagd 159 f.
Kalypso 182 f. 185.
Kapaneus 171 f.
Karneen 70.
Karpo 43.
Kastalia 42.
Kastor 134 f.
Kedalion 63.
Kekrops 150.
Kentauren 139. 147. 156.
Kepheus 128.
Kerberos 17. 143.
Keres 3. 105.
Kerkopen 145.
Kerkyon 151.
Kerykeion 85.
Keryn. Hirschkuh 139.
Keto 91.
Kikonen 184.
Kilix 123.
Kirke 81. 185.
Kleio 42.
Klotho 119.
Klymene 100.
Klytaimestra 131. 134.
Klytia 100.
Kokytos 16.
Kore 46 ff.
Kreon 137. 165. 168 f.
Kretischer Stier 141.
Kreusa 150. [152 f.]
Krommyon. Sau 151.
Kronos 32. 45. 198.
Kybele 32. 78.

Kyklopen 33. 63. 184.
Kyknos 145.
Labdakos 168.
Labyrinth 153.
Lachesis 119.
Ladon 142.
Laërtes 186.
Laios 168 f.
Laistrygonen 185.
Lamios 145.
Lapithen 156.
Lara 213.
Laren 189.
Larvä 188.
Latona s. Leto.
Leda 134.
Lemures 188.
Lemuria 188.
Lenäen 115.
Lern. Hydra 138.
Lethe 16.
Leto 73. 77. 125.
Leukothea 92. 183.
Liber Pater 200.
Libera 200.
Libertas 214.
Libitina 216.
Lichas 147.
Linos 137.
Lorbeer 68. 72. 115.
Lotophagen 184.
Lucifer 102.
Lucina 212.
ludi 198. 202. 210. 217.
Luna s. Selene.
Lupercalia 199.
luperci 199.
Lykaon 29.
Lykaia 29.
Lykomedes 157.
Lykos 124.
Lykurgos 117.
Lynkeus 127 f.
Ma 78. 113 218.
Machaon 23.
Magna Mater 218.
Maia 88.—197.
Mainaden 113.
Manes 188.
Mania 213.
Marathon. Stier 152.
Mars 204 f. 212.
Marsyas 98.
Mater Matuta 203.
Matralia 203.
Matronalia 212.
Medeia 81.152.161. 164 f.
Meditrinalia 207.
Medusa 59. 128.
Megara 137.
Meilanion 160.
Meleagros 159 f.
Melikertes 92.
Melpomene 42.
Melqart 92. 149.
Memnon 103.
Menelaos 131. 179. 182.
Menestheus 157.
Menios 140.
Menschenerschaffung 65.
Menschenopfer 2. 29. 70. 105. 131. 153. 163. 192. 203. 205.
Mercurius 84. 216.
Metis 39. 60.
Minerva 211. 215.
Minos 18. 123. 153.
Minotauros 152 f. 158.
Minyas 117.
Mithras 218.
Mnemosyne 42.
Moiren 39. 119. 159.
Mond 100 f. 203.
Musen 39. 42. 114. 191.
Myrmidonen 180.
Mysterien 49 ff. 218.
Najaden 99.
Narkissos 46.
Nausikaa 184.
Nektar 38.
Nekyia 3.
Nem. Löwe 138.
Nemesia 3. 120.
Nemesis 120 135.
Nephele 139. 163.
Neptunus 193.
Nereiden 92.
Nereus 91.
Nessos 147.
Nestor 180. 182.
Nike 31. 54. 61.
Nil 97.
Niobe 125. 130.
Notos 104.
Numa 191. 205.
Nymphen 99. 116.
Odysseus 182 ff.
Ogygia 183.
Oidipus 167 ff.
Oineus 146. 159. 171.
Oinomaos 130.
Oinopion 117.
Okeanos 91.
Okypete 21.
Omphale 145.
Opfer 11.
Ops 198.
Orakel 12. 44. 68 f. 149. 172.
Orcus 213.
Oreaden 99.
Oreithyia 104.
Orestes 131.
Orgien 113. 218.
Orion 77. 102.
Orpheus 18. 42. 116.
Oschophorien 115. 154.
Palaimon 92.
Pales 202 f.
Pallas 152.
Pallas Athena s. Athena.
Pan 90.
Panakeia 23.
Panathenaia 57.
Pandaros 179.
Pandora 65.
Pandrosos 55.
Panionien 94.
Paris 109. 131. 179.
Parthenopaios 171.
Parzen 119.
Pasiphaë 153.
Patroklos 180 f.
Pax 214.
Pegasos 59. 133.
Peirithoos 156.
Peitho 107.
Pelias 161 f.
Pelops 130.
Penates 189. 196.
Penelope 183. 186.
Pentheus 117.
Periphetes 151.
Perse 164.
Persephone 24. 52. 156.
Perses 80.
Perseus 128.
Personifikation 39. 44. 105. 112. 120 f. 214.
Phaëthon 100.
Phaiaken 183.
Phaidra 155. 157.
Philoitios 186.
Philoktetes 147.
Phineus 166.
Phobos 105. 107.
Phoibos s. Apollon.
Phoinix 123.
Pholos 139.
Phorkys 91.
Phosphoros 102.
Phrixos 163.
Pieta 214.
Pittheus 151.
Pityokamptes s. Sinis

Pleiaden 102.
Pluton 24; s. Hades.
Plutos 43. 47.
Plynteria 57.
Podaleirios 23.
Poias 147.
Pollux s. Polydeukes.
Polybos 168.
Polydeukes 134 f. 166.
Polymnia 42.
Polyneikes 170 ff.
Polypemon 151.
Polyphemos 92. 184.
Pomona 200.
pontifices 190. 192. 196.
Portunus 195.
Poseidon 52 f. 94ff. 150 f.
Pothos 112.
Praxidikai 19.
Priamos 180.
Priapos 117.
Procharisterien 56.
Proitos 117.
Prokrustes 151.
Prometheus 65. 142.
Proserpina 200.
Proteus 91.
Psyche 16. 112.
Pudicitia 214.
Pyanopsien 154.
Pylades 131.
Pyriphlegethon 16.
Pythia 68.
Pythien 69.
Python 69.
Quinquatrus 205.
Quirinus 206.
Reinigung 10. 29. 72.
religio 9.
Remus 205.
rex sacrificulus 194.
Rhadamanthys 18. 123.
Rhea 33. 45. 78.
Robigus 202.
Romulus 205 f.
Sabazios 49. 113.
salii 205 f.
Salus 214.
Sarapis 218.
Saturnus 198.
Satyrn 89.
Schicksal 119.
Schlange 3. 55. 114. 123. 133. 135. 137. 188.
Seelen 1 ff. 15 ff. 87. 114. 188. f.
Seelentiere 3.
Seilene 98.
Seirenen 185.
Seirios 102.
Selene 90. 100 f.
Semele 36. 116. 123.
Semnai 19.
Sibyllin. Bücher 193. 215.
Silvanus 200.
Sinis 151.
Sisyphos 132.
Skiron 151.
Skirophorien 56.
Skylla 93. 185.
Sol = Helios.
Solymer 133.
Sonne 33. 73. 100 f.
Sparten 123. 137.
Spes 214.
Sphinx 169.
Städtepersonifikation 44.
Staphylos 117
Sterne 102.
Strophios 131.
Stymphal. Vögel 139.
Styx 16 f.
Summanus 208.
Syleus 145.
Symplegaden 166.
Synoikia 154
Taenien 9. 41. 112.
Tantalos 19. 129.
Tartaros 18. 33.
Teiresias 170.
Telamon 179.
Telemachos 182. 186.
Tellus 213.
Terminus 209
Terpsichore 42.
Tethys 91.
Thalia 41.—42.
Thallo 43.
Thanatos 24. 112.
Thargelien 70.
Themis 39. 43. 119.
Thersandros 174.
Theseia 157.
Theseus 141. 143. 159 ff.
Thesmophorien 48.
Thetis 64. 92 178. f.
Thrinakia 100. 185.
Thyestes 130.
Thyiaden 113.
Tiberinus 192.
Tilphossa 106.
Titanen 33. 116.
Tithonos 103.
Tityos 73.
Totenbeschwörung 3.
Totengericht 18.
Tragödie 115.
Träume 1. 4. 87. 149. 272.
Trinakria = Thrinakia.
Triptolemos 48.
Triton 91.
Trivia 80
Trophonios 22.
Tubilustrium 205.
Tyche 121.
Tydeus 171 f. 179.
Tyndareos 134.
Typhoeus 35.
Ulixes = Odysseus.
Unterwelt 17 ff. 24 213.
Urania 42.
Uranos 36. 109.
Veiovis 208.
Venus 216.
ver sacrum 205.
Vertumnus 200. 203.
Vesta 189. 195 f.
Viktoria = Nike.
Vinalia 207.
Virtus 214.
Volcanus 197.
Wasser 91 ff. 191 ff.
Wolf 29. 72. 205.
Wind 104. 184.
Zagreus 116.
Zephyros 103 f.
Zetes 166.
Zethos 124.
Zeus 26 ff.
Zeus Asterios 123. 153.
Zeus Chthonios 24. 32.

www.ingramcontent.com/pod-product-compliance
Lightning Source LLC
Chambersburg PA
CBHW060801310726
48980CB00002B/194

* 9 7 8 3 8 4 6 0 6 5 2 4 2 *